莎士比亚全集·中文本（典藏版）
William Shakespeare: Complete Works

［英］威廉·莎士比亚（William Shakespeare）著
辜正坤 主编 / 张顺赴 译

亨利四世（上）

The First Part of

Henry the Fourth

外语教学与研究出版社
北京

京权图字：01-2016-5021

图书在版编目（CIP）数据

亨利四世. 上／（英）威廉·莎士比亚（William Shakespeare）著；张顺赴译.
北京：外语教学与研究出版社，2024.6. ——（莎士比亚全集／辜正坤主编）.
ISBN 978-7-5213-5348-8

I. I561.33

中国国家版本馆 CIP 数据核字第 2024H5T104 号

亨利四世（上）

HENGLI SI SHI (SHANG)

出 版 人　王　芳
项目负责　邢印姝　郭芮萱
责任编辑　李亚琦
责任校对　郭芮萱
封面设计　张　潇
出版发行　外语教学与研究出版社
社　　址　北京市西三环北路 19 号（100089）
网　　址　https://www.fltrp.com
印　　刷　三河市北燕印装有限公司
开　　本　710×1000　1/16
印　　张　11
字　　数　176 千字
版　　次　2024 年 6 月第 1 版
印　　次　2024 年 6 月第 1 次印刷
书　　号　ISBN 978-7-5213-5348-8
定　　价　68.00 元

如有图书采购需求，图书内容或印刷装订等问题，侵权、盗版书籍等线索，请拨打以下电话或关注官方服务号：
客服电话：400 898 7008
官方服务号：微信搜索并关注公众号"外研社官方服务号"
外研社购书网址：https://fltrp.tmall.com

物料号：353480001

出版说明

　　1623 年，莎士比亚的演员同僚们倾注心血结集出版了历史上第一部《莎士比亚全集》——著名的第一对开本，这是三百多年来许多导演和演员最为钟爱的莎士比亚文本。2007 年，由英国皇家莎士比亚剧团（Royal Shakespeare Company）推出的《莎士比亚全集》，则是对第一对开本首次全面的修订。

　　本套《莎士比亚全集》新汉译本，正是依据当今莎学界最负声望的皇家版《莎士比亚全集》翻译而成。译本的凡例说明如下：

　　一、文体： 剧文有诗体和散体之分。未及最右行末即转行的为诗体。文字连排、直至最右行末转行的，则为散体。

　　二、舞台提示：

　　1）角色的上场与下场及其他舞台提示以仿宋体排出，穿插于剧文中的舞台提示以圆括号进行标注，如：（对亨利王子）。

　　2）舞台提示中的特殊符号。译本所依据的皇家版《莎士比亚全集》的编辑者对舞台提示中的不确定情形以特殊符号予以标注，译本亦保留了这些符号：如（旁白？）表示某行剧文既可作为旁白，亦可当作对话；又如某个舞台活动置于箭头 ↓↓ 之间，表示它可发生在一场戏中的多个不同时刻。

　　三、脚注： 脚注中除标注有"译者附注"字样的，均译自或改编自皇家版《莎士比亚全集》注释。脚注多为对剧文中背景知识及专名的解释，以使读者更好地理解剧情；亦包含部分与英文原文相关的脚注，以使读者在品味译者的佳文时，亦体验到英文原文的精妙。

　　四、文本：译本以第一对开本为蓝本，部分剧目中四开本与之明显相异的段落亦有译出，附于正文之后，供读者参考。

　　此《莎士比亚全集》新汉译本历经策划、翻译、编辑加工和印装等工序，各个环节的参与者均竭尽全力，力求完美，但由于水平、精力所限，难免有所错漏，敬请广大读者赐教指正。

外语教学与研究出版社
综合出版事业部

莎士比亚诗体重译集序

辜正坤

他非一代骚人，实属万古千秋。

这是英国大作家本·琼森（Ben Jonson）在第一部《莎士比亚全集》（*Mr. William Shakespeares Comedies, Histories, & Tragedies*, 1623）扉页上题诗中的诗行。三百多年来，莎士比亚在全球逐步成为一个家喻户晓的名字，似乎与这句预言在在呼应。但这并非偶然言中，有许多因素可以解释莎士比亚这一巨大的文化现象产生的必然性。最关键的，至少有下面几点。

首先，其作品内容具有惊人的多样性。世界上很难有第二个作家像莎士比亚这样能够驾驭如此广阔的题材。他的作品内容几乎无所不包，称得上英国社会的百科全书。帝王将相、走卒凡夫、才子佳人、恶棍屠夫……一切社会阶层都展现于他的笔底。从海上到陆地，从宫廷到民间，从国际到国内，从灵界到凡尘……笔锋所指，无处不至。悲剧、喜剧、历史剧、传奇剧，叙事诗、抒情诗……都成为他显示天才的文学样式。从哲理的韵味到浪漫的爱情，从盘根错节的叙述到一唱三叹的诗思，波涛汹涌的情怀，妙夺天工的笔触，凡开卷展读者，无不为之拊掌称绝。即使只从莎士比亚使用过的海量英语词汇来看，也令人产生仰之弥高的感觉。德国语言学家马克斯·缪勒（Max Müller）原以为莎士比亚使用过的词汇最多为 15,000 个，事后证明这当然是小看了语言大师的词汇储藏量。美国教授爱德华·霍尔登（Edward Holden）经过一番考察后，认为至少达 24,000 个。可是他哪里知道，这依然是一种低估。有学者甚至声称用电脑检索出莎士比亚用的词汇多达 43,566 个！当然，这些数据还不是莎士比亚作品之所以产生空前影响的关键因素。

其次，但也许是更重要的原因：他的作品具有极高的娱乐性。文学作品的生命力在于它能寓教于乐。莎士比亚的作品不是枯燥的说教，而是能够给予读者或观众极大艺术享受的娱乐性创造物，往往具有明显的煽情效果，有意刺激人的欲望。这种艺术取向当然不是纯粹为了娱乐而娱乐，掩藏在背后的是当时西方人强有力的人本主义精神，即用以人为本的价值观来对抗欧洲上千年来以神为本的宗教价值观。重欲望、重娱乐的人本主义倾向明显对重神灵、重禁欲的神本主义产生了极大的挑战。当然，莎士比亚的人本主义与中国古人所主张的人本主义有很大的区别。要而言之，前者在相当大的程度上肯定了人的本能欲望或原始欲望的正当性，而后者则主要强调以人的仁爱为本规范人类社会秩序的高尚的道德要求。二者都具有娱乐效果，但前者具有纵欲性或开放性娱乐效果，后者则具有节欲性或适度自律性娱乐效果。换句话说，对于 16、17 世纪的西方人来说，莎士比亚的作品暗中契合了试图挣脱过分禁欲的宗教教义的约束而走向个性解放的千百万西方人的娱乐追求，因此，它会取得巨大成功是势所必然的。

第三，时势造英雄。人类其实从来不缺善于煽情的作手或视野宏阔的巨匠，缺的常常是时势和机遇。莎士比亚的时代恰恰是英国文艺复兴思潮达到鼎盛的时代。禁欲千年之久的欧洲社会如堤坝围裹的宏湖，表面上浪静风平，其底层却汹涌着决堤的纵欲性暗流。一旦湖堤洞开，飞涛大浪呼卷而下，浩浩汤汤，汇作长河，而莎士比亚恰好是河面上乘势而起的弄潮儿，其迎合西方人情趣的精湛表演，遂赢得两岸雷鸣般的喝彩声。时势不光涵盖社会发展的总趋势，也牵连着别的因素。比如说，文学或文化理论界、政治意识形态对莎士比亚作品理解、阐释的多样性与莎士比亚作品本身内容的多样性产生相辅相成的效果。"说不尽的莎士比亚"成了西方学术界的口头禅。西方的每一种意识形态理论，尤其是文学理论，要想获得有效性，都势必会将阐释莎士比亚的作品作为试金石。17世纪初的人文主义，18世纪的启蒙主义，19世纪的浪漫主义，20世纪的现实主义或批判现实主义，都不同程度地、选择性地把莎士比亚作品作为阐释其理论特点的例证。也许17世纪的古典主义曾经阻遏过西方人对莎士比亚作品的过度热情，但是19世纪的浪漫主义流派却把莎士比亚作品推崇到无以复加的崇高地位，莎士比亚俨然成了西方文学的神灵。20世纪以来，西方资本主义阵营和社会主义阵营可以说在意识形态的各个方面都互相对立，势同水火，可是在对待莎士比亚的问题上，居然有着惊人的共识与默契。不用说，社会主义阵营的立场与社会主义理论的创始者马克思（Karl Marx）、恩格斯（Friedrich Engels）个人的审美情趣息息相关。马克思一家都是莎士比亚的粉丝；马克思称莎士比亚为"人类最伟大的天才之一，人类文学奥林波斯山上的宙斯"！他号召作家们要更加莎士比亚化。恩格斯甚至指出："单是《快乐的温莎巧妇》[1]的第一幕就比全部德国文学包含着更多的生活气息。"不用说，这些话多多少少有某种程度的文学性夸张，但对莎士比亚的崇高地位来说，却无疑产生了极大的推动作用。

第四，1623年版《莎士比亚全集》奠定莎士比亚崇拜传统。这个版本即眼前译本所依据的皇家版《莎士比亚全集》（*The RSC William Shakespeare: Complete Works*, 2007）的主要内容。该版本产生于莎士比亚去世的第七年。莎士比亚的舞台同仁赫明奇（John Heminge）和康德尔（Henry Condell）整理出版了第一部莎士比亚戏剧集。当时的大学者、大

1　英文剧名为 The Merry Wives of Windsor，朱生豪先生译作《温莎的风流娘儿们》；重译本综合考虑剧情和英文书名，译作《快乐的温莎巧妇》。

作家本·琼森为之题诗，诗中写道："他非一代骚人，实属万古千秋。"这个调子奠定了莎士比亚偶像崇拜的传统。而这个传统一旦形成，后人就难以反抗。英国文学中的莎士比亚偶像崇拜传统已经形成了一种自我完善、自我调整、自我更新的机制。至少近两百年来，莎士比亚的文学成就已被宣传成世界文学的顶峰。

第五，现在署名"莎士比亚"的作品很可能不只是莎士比亚一个人的成果，而是凝聚了当时英国若干戏剧创作精英的团体努力。众多大作家的智慧浓缩在以"莎士比亚"为代号的作品集中，其成就的伟大性自然就获得了解释。当然，这最后一点只是莎士比亚研究界若干学者的研究性推测，远非定论。有的莎士比亚著作爱好者害怕一旦证明莎士比亚不是署名为"莎士比亚"的著作的作者，莎士比亚的著作便失去了价值，这完全是杞人忧天。道理很简单，人们即使证明了《红楼梦》的作者不是曹雪芹，或《三国演义》的作者不是罗贯中，也丝毫不影响这些作品的伟大价值。同理，人们即使证明了《莎士比亚全集》不是莎士比亚一个人创作的，也丝毫不会影响《莎士比亚全集》是世界文学中的伟大作品这个事实，反倒会更有力地证明这个事实，因为集体的智慧远胜于个人。

皇家版《莎士比亚全集》译本翻译总思路

横亘于前的这套新译本，是依据当今莎学界最负声望的皇家版《莎士比亚全集》进行翻译的，而皇家版又正是以本·琼森题过诗的 1623 年版《莎士比亚全集》为主要依据。

这套译本是在考察了中国现有的各种译本后，根据新的历史条件和新的翻译目的打造出来的。其总的翻译思路是本套译本主编会同外语教学与研究出版社的相关领导和责任编辑讨论的结果。总起来说，皇家版《莎士比亚全集》译本在翻译思路上主要遵循了以下几条：

1. 版本依据。如上所述，本版汉译本译文以英国皇家版《莎士比亚全集》为基本依据。但在翻译过程中，译者亦酌情参阅了其他版本，以增进对原作的理解。

2. 翻译内容包括：内页所含全部文字。例如作品介绍与评论、正文、注释等。

3. 注释处理问题。对于注释的处理：1）翻译时，如果正文译文已经将英文版某注释的基本含义较准确地表达出来了，则该注释即可取消；2）如果正文译文只是部分地将英文版对应注释的基本含义表达出来，则该注释可以视情况部分或全部保留；3）如果注释本身存疑，可以在保留原注的情况下，加入译者的新注。但是所加内容务必有理有据。

4. 翻译风格问题。对于风格的处理：1）在整体风格上，译文应该尽量逼肖原作整体风格，包括以诗体译诗体，以散体译散体；2）在具体的文字传输处理上，通常应该注重汉译本身的文字魅力，增强汉译本的可读性。不宜太白话，不宜太文言；文白用语，宜尽量自然得体。句子不要太绕，注意汉语自身表达的句法结构，尤其是其逻辑表达方式。意义的异化性不等于文字形式本身的异化性，因此要注意用汉语的归化性来传输、保留原作含义的异化性。朱生豪先生的译本语言流畅、可读性强，但可惜不是诗体，有违原作形式。当下译本是要在承传朱先生译本优点的基础上，根据新时代的读者审美趣味，取得新的进展。梁实秋先生等的译本，在达意的准确性上，比朱译有所进步，也是我们应该吸纳的优点。但是梁译文采不足，则须注意避其短。方平先生等的译本，也把莎士比亚翻译往前推进了一步，在进行大规模诗体翻译方面作出了宝贵的尝试，但是离真正的诗体尚有距离。此外，前此的所有译本对于莎士比亚原作的色情类用语都有程度不同的忽略，本套皇家版译本则尽力在此方面还原莎士比亚的本真状态（论述见后文）。其他还有一些译本，亦都应该受到我们的关注，处理原则类推。每种译本都有自己独特的东西。我们希望美的译文是这套译本的突出特点。

5. 借鉴他种汉译本问题。凡是我们曾经参考过的较好的译本，都在适当的地方加以注明，承认前辈译者的功绩。借鉴利用是完全必要的，但是要正大光明，避免暗中抄袭。

6. 具体翻译策略问题特别关键，下文将其单列进行陈述。

莎士比亚作品翻译领域大转折：真正的诗体译本

莎士比亚首先是一个诗人。莎士比亚的作品基本上都以诗体写成。因此，要想尽可能还原本真的莎士比亚，就必须将莎士比亚作品翻译成为诗体而不是散文，这在莎学界已经成为共识。但是紧接而来的问题是：什么叫诗体？或需要什么样的诗体？

按照我们的想法：1）所谓诗体，首先是措辞上的诗味必须尽可能浓郁；2）节奏上的诗味（包括分行）等要予以高度重视；3）结合中国人的审美习惯，剧文可以押韵，也可以不押韵。但不押韵的剧文首先要满足前两个要求。

本全集翻译原计划由笔者一个人来完成。但是，莎士比亚的创作具有惊人的多样性，其作品来源也明显具有莎士比亚时代若干其他作家与作品的痕迹，因此，完全由某一个译者翻译成一种风格，也许难免偏颇，难以和莎士比亚风格的多样性相呼应。所以，集众人的力量来完成大业，应该更加合理，更加具有可操作性。

具体说来，新时代提出了什么要求？简而言之，就是用真正的诗体翻译莎士比亚的诗体剧文。这个任务，是朱生豪先生无法完成的。朱先生说过，他在翻译莎士比亚作品时，"当然预备全部用散文译出，否则将要了我的命"。[1] 显然，朱先生也考虑过用诗体来翻译莎士比亚著作的问题，但是他的结论是：第一，靠单独一个人用诗体翻译《莎士比亚全集》是办不到的，会因此累死；第二，他用散文翻译也是不得已的办法，因为只有这样他才有可能在有生之年完成《莎士比亚全集》的翻译工作。

将《莎士比亚全集》翻译成诗体比翻译成散文体要难得多。难到什么程度呢？和朱生豪先生的翻译进度比较一下就知道了。朱先生翻译得最快的时候，一天可以翻译一万字。[2] 为什么会这么快？朱先生才华过人，这当然是一个因素，但关键因素是：他是用散文翻译的。用真正的诗体就不一样了。以笔者自己的体验，今日照样用散文翻译莎士比亚剧本，最快时也可达到每日一万字。这是因为今日的译者有比以前更完备的注释本和众多的前辈汉译本作参考，至少在理解原著时，要比朱先生当年省力得多，所以翻译速度上最高达到一万字是不难的。但是翻译成诗体就是另外一回事了。这比自己写诗还要难得多。写诗是自己随意发挥，译诗则必须按照别人的意思发挥，等于是戴着镣铐跳舞。笔者自己写诗，诗兴浓时，一天数百行都可以写得出来，但是翻译诗，一天只能是几十行，统计成字数，往往还不到一千字，最多只是朱生豪先生散文翻译速度的十分之一。梁实秋先生翻译《莎士比亚全集》用的也是散文，但是也花了 37 年，如果要翻译成真正的诗体，那么至少得 370 年！由此可见，真正的诗体《莎士比亚全集》汉译本的诞生，有多么艰难。此次笔者约稿的各位译者，都是用诗体翻译，并且都表示花费了大量的时间，

1　见朱生豪大约在 1936 年夏致宋清如信："今天下午，我试译了两页莎士比亚，还算顺利，不过恐怕终于不过是 Poor Stuff 而已。当然预备全部用散文译出，否则将要了我的命。"（《伉俪：朱生豪宋清如诗文选》下卷，中国青年出版社，2013 年，第 94 页）

2　朱生豪："今天因为提起了精神，却很兴奋，晚上译了六千字，今天一共译一万字。"（同上，第 101 页）

皇家版《莎士比亚全集》译本凝聚了诸位译者的多少努力，也就不言而喻了。

翻译诗体分辨：不是分了行就是真正的诗

主张将莎士比亚剧作翻译成诗体成了共识，但是什么才是诗体，却缺乏共识。在白话诗盛行的时代，许多人只是简单地认定分了行的文字就是诗这个概念。分行只是一个初级的现代诗要求，甚至不必是必然要求，因为有些称为诗的文字甚至连分行形式都没有。不过，在莎士比亚作品的翻译上，要让译文具有诗体的特征，首先是必定要分行的，因为莎士比亚原作本身就有严格的分行形式。这个不用多说。但是译文按莎士比亚的方式分了行，只是达到了一个初级的低标准。莎士比亚的剧文读起来像不像诗，还大有讲究。

卞之琳先生对此是颇有体会的。他的译本是分行式诗体，但是他自己也并不认为他译出的莎士比亚剧本就是真正的诗体译本。他说：读者阅读他的译本时，"如果……不感到是诗体，不妨就当散文读，就用散文标准来衡量"。[1]这是一个诚实的译者说出的诚实话。不过，卞先生很谦虚，他有许多剧文其实读起来还是称得上诗体的。原因是什么？原因是他注意到了笔者上文提到的两点：第一，诗的措辞；第二，诗的节奏。只不过他迫于某些客观原因，并没有自始至终侧重这方面的追求而已。

显然，一些译本翻译了莎士比亚的剧文，在行数上靠近莎士比亚原作，措辞也还流畅。这些是不是就是理想的诗体莎士比亚译本呢？笔者认为，这还不够。什么是诗，对于中国人来说有几千年的历史，我们不

1　卞之琳：《莎士比亚悲剧四种》，方志出版社，2007 年，第 4 页。

能脱离这个悠久的传统来讨论这个问题。为此，我们不得不重新提到一些基本概念：什么是诗？什么是诗歌翻译？

诗歌是语言艺术，诗歌翻译也就必须是语言艺术

讨论诗歌翻译必须从讨论诗歌开始。

诗主情。诗言志。诚然。但诗歌首先应该是一种精妙的语言艺术。同理，诗歌的翻译也就不得不首先表现为同类精妙的语言艺术。若译者的语言平庸而无光彩，与原作的语言艺术程度差距太远，那就最多只是原诗含义的注释性文字，算不得真正的诗歌翻译。

那么，何谓诗歌的语言艺术？

无他，修辞造句、音韵格律一整套规矩而已。无规矩不成方圆，无限制难成大师。奥运会上所有的技能比赛，无不按照特定的规矩来显示参赛者高妙的技能。德国诗人歌德（Johann Wolfgang von Goethe）《自然和艺术》（"Natur und Kunst"）一诗最末两行亦彰扬此理：

非限制难见作手，

唯规矩予人自由。[1]

艺术家的"自由"，得心应手之谓也。诗歌既为语言艺术，自然就有一整套相应的语言艺术规则。诗人应用这套规则时，一旦达到得心应手的程度，那就是达到了真正成熟的境界。当然，规矩并非一点都不可打破，但只有能够将规矩使用到随心所欲而不逾矩的程度的人，才真正有资格去创立新规矩，丰富旧规矩。创新是在承传旧规则长处的基础上来进行的，而不是完全推翻旧规则，肆意妄为。事实证明，在语言艺术上

---

1 In der Beschränkung zeigt sich erst der Meister, / Und das Gesetz nur kann uns Freiheit geben. 参见 http://www.business-it.nl/files/7d413a5dca62fc735a072b16fbf050b1-27.php.

凡无视积淀千年的诗歌语言规则，随心所欲地巧立名目、乱行胡来者，
永不可能在诗歌语言艺术上取得大的成就，所以歌德认为：

> 若徒有放任习性，
>
> 则永难至境遨游。[1]

　　诗歌语言艺术如此需要规则，如此不可放任不羁，诗歌的翻译自然
也同样需要相类似的要求。这个要求就是笔者前面提出的主张：若原诗
是精妙的语言艺术，则理论上说来，译诗也应是同类精妙的语言艺术。

　　但是，"同类"绝非"同样"。因为，由于原作和译作使用的语言载
体不一样，其各自产生的语言艺术规则和效果也就各有各的特点，大多
不可同样复制、照搬。所以译作的最高目标，是尽可能在译入语的语言
艺术领域达到程度大致相近的语言艺术效果。这种大致相近的艺术效果
程度可叫作"最佳近似度"。它实际上也就是一种翻译标准，只不过针
对不同的文类，最佳近似度究竟在哪些因素方面可最佳程度地（并不一
定是最大程度地）取得近似效果，不是一成不变的，而是具有高度的灵
活性。不同的文类，甚至针对不同的受众，我们都可以设定不同的最佳
近似度。这点在拙著《中西诗比较鉴赏与翻译理论》（清华大学出版社，
2010 年）的相关章节中有详细的厘定，此不赘。

话与诗的关系：话不是诗

　　古人的口语本来就是白话，与现在的人说的口语是白话一个道理。

1　Vergebens werden ungebundene Geister / Nach der Vollendung reiner Höhe streben.
　　参 见 http://www.cosmiq.de/qa/show/3454062/Vergebens-werden-ungebundne-Geister-
　　Nach-der-Vollendung-reiner-Hoehe-streben-Was-ist-die-Bedeutung-dieser-2-Verse-Ich-komm-
　　nicht-drauf/t.

正因为白话太俗，不够文雅，古人慢慢将白话进行改进，使它更加规范、更加准确，并且用语更加丰富多彩，于是文言产生。在文言的基础上，还有更文的文字现象，那就是诗歌，于是诗歌产生。所以就诗歌而言，文言味实际上就是一种特殊的诗味。文言有浅近的文言，也有佶屈聱牙的文言。中国传统诗歌绝大多数是浅近的文言，但绝非口语、白话。诗中有话的因素，自不待言，但话的因素往往正是诗试图抑制的成分。

文言和诗歌的产生是低俗的口语进化到高雅、准确层次的标志。文言和诗歌的进一步发展使得语言的艺术性愈益增强。最终，文言和诗歌完成了艺术性语言的结晶化定型。这标志着古代文学和文学语言的伟大进步。《诗经》、楚辞、唐诗、宋词、元明戏曲，以及从先秦、汉、唐、宋、元至明清的散文等，都是中国语言艺术逐步登峰造极的明证。

人们往往忘记：话不是诗，诗是话的升华。话据说至少有**几十万年**的历史，而诗却只有**几千年**的历史。白话通过漫长的岁月才升华成了诗。因此，从理论上说，白话诗不是最好的诗，而只是低层次的、初级的诗。当一行文字写得不像是话时，它也许更像诗。"太阳落下山去了"是话，硬说它是诗，也只是平庸的诗，人人可为。而同样含义的"白日依山尽"不像是话，却是真正的诗，非一般人可为，只有诗人才写得出。它的语言表达方式与一般人的通用白话脱离开来了，实现了与通用语的偏离（deviation from the norm）。这里的通用语指人们天天使用的白话。试想把唐诗宋词译成白话，还有多少诗味剩下来？

谢谢古代先辈们一代又一代、不屈不挠的努力，话终于进化成了诗。

但是，20世纪初一些激进的中国学者鼓荡起一场声势浩大的白话文运动。

客观说来，用白话文来书写、阅读自然科学和人文科学文献，例如哲学、政治学、伦理学、经济学等等文献，这都是**伟大的进步**。这个进步甚至可以上溯到八百多年前朱熹等大学者用白话体文章传输理学思想。对此笔者非常拥护，非常赞成。

但是约一百年前的白话诗运动却未免走向了极端，事实上是一种语言艺术方面的倒退行为。已经高度进化的诗词曲形式被强行要求返祖回归到三千多年前的类似白话的状态，已经高度语言艺术化了的诗被强行要求退化成话。艺术性相对较低的白话反倒成了正统，艺术性较高的诗反倒成了异端。其实，容许口语类白话诗和文言类诗并存，这才是正确的选择。但一些激进学者故意拔高白话地位，在诗歌创作领域搞成白话至上主义，这就走上了极端主义道路。

这个运动影响到诗歌翻译的结果是什么呢？结果是西方所有的大诗人，不论是古代的还是近代的，如荷马（Homer）、但丁（Dante）、莎士比亚、歌德、雨果（Victor Hugo）、普希金（Alexander Pushkin）……都莫名其妙地似乎用同一支笔写出了20世纪初才出现的味道几乎相同的白话文汉诗！

将产生这种极端性结果的原因再回推，我们会清楚地明白，当年的某些学者把文学艺术简单雷同于人文社会科学，误解了文学艺术，尤其是诗歌艺术的特殊性质，误以为诗就是话，混淆了诗与话的形式因素。

针对莎士比亚戏剧诗的翻译对策

由上可知，莎士比亚的剧文既然大多是格律诗，无论有韵无韵，它们都是诗，都有格律性。因此在汉译中，我们就有必要显示出它具有格律性，而这种格律性就是诗性。

问题在于，格律性是附着在语言形式上的；语言改变了，附着其上的格律性也就大多会消失。换句话说，格律大多不可复制或模仿，这就正如用钢琴弹不出二胡的效果，用古筝奏不出黑管的效果一样。但是，原作的内在旋律是可以模仿的，只是音色变了。原作的诗性是可以换个形式营造的，这就是利用汉语本身的语言特点营造出大略类似的语言艺术审美效果。

由于换了另外一种语言媒介，原作的语音美设计大多已经不能照搬、复制，甚至模拟了，那么我们就只好断然舍弃掉原作的许多语音美设计，而代之以译入语自身的语言艺术结构产生的语音美艺术设计。当然，原作的某些语音美设计还是可以尝试模拟保留的，但在通常的情况下，大多数的语音美已经不可能传输或复制了。

利用汉语本身的语音审美特点来营造莎士比亚诗歌的汉译语音审美效果，是莎士比亚作品翻译的一个有效途径。机械照搬原作的语音审美模式多半会失败，并且在大多数的场合下也没有必要。

具体说来，这就涉及翻译莎士比亚戏剧作品时该如何处理：1) 节奏；2) 韵律；3) 措辞。笔者主张，在这三个方面，我们都可以适当借鉴利用中国古代词曲体的某些因素。戏剧剧文中的诗行一般都不宜多用单调的律诗和绝句体式。元明戏剧为什么没有采用前此盛行的五言或七言诗行而采用了长短错杂、众体皆备的词曲体？这是一种艺术形式发展的必然。元明曲体由于要更好更灵活地满足抒情、叙事、论理等诸多需要，故借用发展了词的形式，但不是纯粹的词，而是融入了民间语汇。词这种形式涵盖了一言、二言、三言、四言、五言、六言、七言、八言……乃至十多言的长短句式，因此利于表达变化莫测的情、事、理。从这个意义上看，莎士比亚剧文语言单位的参差不齐状态与中文词曲体句式的参差不齐状态正好有某种相互呼应的效果。

也许有人说，莎士比亚的剧文虽然是格律诗，但并不怎么押韵，因此汉诗翻译也就不必押韵。这个说法也有一定道理，但是道理并不充实。

首先，我们应该明白，既然莎士比亚的剧文是诗体，人们读到现今的散体译文或不押韵的分行译文却难以感受到其应有的诗歌风味，原因即在于其音乐性太弱。如果人们能够照搬莎士比亚素体诗所惯常用的音步效果及由此引起的措辞特点，当然更好。但事实上，原作的节奏效果是印欧语系语言本身的效果，换了一种语言，其效果就大多不能搬用了，所以我们只好利用汉语本身的优势来创造新的音乐美。这种音乐美很难说是原作的音乐美，但是它毕竟能够满足一点：即诗体剧文应该具有诗歌应有的音乐美这个起码要求。而汉译的押韵可以强化这种音乐美。

其次，莎士比亚的剧文不押韵是由诸多因素造成的。第一，属于印欧语系语言的英语在押韵方面存在先天的多音节不规则形式缺陷，导致押韵词汇范围相对较窄。所以对于英国诗人来说，很苦于押韵难工；莎士比亚的许多押韵体诗，例如十四行诗，在押韵方面都不很工整。其次，莎士比亚的剧文虽不押韵，却在节奏方面十分考究，这就弥补了音韵方面的不足。第三，莎士比亚的剧文几乎绝大多数是诗行，对于剧作者来说，每部长达两三千行的诗行行都要押韵，这是一个极大的挑战，很难完成。而一旦改用素体，剧作者便会轻松得多。但是，以上几点对于汉语译本则不是一个问题。汉语的词汇及语音构成方式决定了它天生就是一种有利于押韵的艺术性语言。汉语存在大量同韵字，押韵是一件很容易的事情。汉语的语音音调变化也比莎士比亚使用的英语的音调变化空间大一倍以上。汉语音调至少有四种（加上轻重变化可达六至八种），而英语的音调主要局限于轻重语调两种，所以存在于印欧语系文字诗歌中的频频押韵有时会产生的单调感，在汉语中会在很大程度上由于语调的多变而得到缓解。故汉语戏剧剧文在押韵方面有很大的潜在优势空间，实际上元明戏剧剧文频频押韵就是证明。

第三，莎士比亚的剧文虽然很多不押韵，但却具极强的节奏感。他惯用的格律多半是抑扬格五音步（iambic pentameter）诗行。如果我们在节奏方面难以传达原作的音美，或者可以通过韵律的音美来弥补节奏美的丧失，这种翻译对策谓之堤内损失堤外补，亦谓失之东隅，收之桑榆。我们的语言在某方面有缺陷，可以通过另一方面的优点来弥补。当然，笔者主张在一定程度上借鉴利用传统词曲的风味，却并不主张使用宋词、元曲式的严谨格律，而只是追求一种过分散文化和过分格律化之间的妥协状态。有韵但是不严格，要适当注意平仄，但不过多追求平仄效果及诗行的整齐与否；不必有太固定的建行形式，只是根据诗歌本身的内容和情绪赋予适当的节奏与韵式。在措辞上则保持与白话有一段距离，但是绝非佶屈聱牙的文言，而是趋近典雅、但普通读者也能读懂的语言。

最后，根据翻译标准多元互补论原理，由于莎士比亚作品在内容、形式及审美效应方面具有多样性，因此，只用一种类乎纯诗体译法来翻译所有的莎士比亚剧文，也是不完美的，因为单一的做法也许无形中堵塞了其他有益的审美趣味通道。因此，这套译本的译风虽然整体上强调诗化、诗味，但是在营造诗味的途径和程度上不是单一的。我们允许诗体译风的灵活性和创新性。多译者译法实际上也是在探索诗体译法的诸多可能性，这为我们将来进一步改进这套译本铺垫了一条较宽的道路。因此，译文从严格押韵、半押韵到不押韵的各个程度，译本都有涉猎。但是，无论是否押韵，其节奏和措辞应该总是富于诗意，这个要求则是统一的。这是我们对皇家版《莎士比亚全集》译本的语言和风格要求。不能说我们能完全达到这个目标，但我们是往这个方向努力的。正是这样的努力，使这套译本与前此译本有很大的差异，在一定的意义上来说，标志着中国莎士比亚著作翻译的一次大转折。

翻译突破：还原莎士比亚作品禁忌区域

另有一个课题是中国学者从前讨论得比较少的禁忌领域，即莎士比亚著作中的性描写现象。

许多西方学者认为，莎士比亚酷爱色情字眼，他的著作渗透着性描写、性暗示。只要有机会，他就总会在字里行间，用上与性相联系的双关语。西方人很早就搜罗莎士比亚著作的此类用语，编纂了莎士比亚淫秽用语词典。这类词典还不止一种。1995 年，我又看到弗朗基·鲁宾斯坦（Frankie Rubinstein）等编纂了《莎士比亚性双关语释义词典》（*A Dictionary of Shakespeare's Sexual Puns and Their Significance*），厚达372 页。

赤裸裸的性描写或过多的淫秽用语在传统中国文学作品中是受到非议的，尽管有《金瓶梅》这样被判为淫秽作品的文学现象，但是中国传统的主流舆论还是抑制这类作品的。莎士比亚的作品固然不是通常意义上的淫秽作品，但是它的大量实际用语确实有很强的色情味。这个极鲜明的特点恰恰被前此的所有汉译本故意掩盖或在无意中抹杀掉。莎士比亚的所有汉译者，尤其是像朱生豪先生这样的译者，显然不愿意中国读者看到莎士比亚的文笔有非常泼辣的大量使用性相关脏话的特点。这个特点多半都被巧妙地漏译或改译。于是出现一种怪现象，莎士比亚著作中有些大段的篇章变成汉语后，尽管读起来是通顺的，读者对这些话语却往往感到莫名其妙。以《罗密欧与朱丽叶》第一幕第一场前面的 30 行台词为例，这是凯普莱特家两个仆人山普孙与葛莱古里之间的淫秽对话。但是，读者阅读过去的汉译本时，很难看到他们是在说淫秽的脏话，甚至会认为这些对话只是仆人之间的胡话，没有什么意义。

不过，前此的译本对这类用语和描写的态度也并不完全一样，而是依据年代距离在逐步改变。朱生豪先生的译本对这些东西删除改动得最多，梁实秋先生已经有所保留，但还是有节制。方平先生等的译本保留得更多一些，但仍然持有相当的保留态度。此外，从英语的不同版本看，有的版本注释得明白，有的版本故意模糊，有的版本注释者自己也没有弄懂这些双关语，那就更别说中国译者了。

在这一点上，我们目前使用的皇家版《莎士比亚全集》是做得最好的。

那么，我们该怎样来翻译莎士比亚的这种用语呢？是迫于传统中国道德取向的习惯巧妙地回避，还是尽可能忠实地传达莎士比亚的本真用意？我们认为，前此的译本依据各自所处时代的中国人道德价值的接受状态，采用了相应的翻译对策，出现了某种程度的曲译，这是可以理解的，是特定历史条件下的产物。但是，历史在前进，中国人的道德观已经有了很大的改变，尤其是在性禁忌领域。说实话，无论我们怎样真实地还原莎士比亚著作中的性双关描写，比起当代文学作品中有时无所忌讳的淫秽描写来，莎士比亚还真是有小巫见大巫的感觉。换句话说，目前中国人在这方面的外来道德价值接受状态，已经完全可以接受莎士比亚著作中的性双关用语了。因此，我们的做法是尽可能真实还原莎士比亚性相关用语的现象。在通常的情况下，如果直译不能实现这种现象的传输，我们就采用注释。可以说，在这方面，目前这个版本是所有莎士比亚汉译本中做得最超前的。

译法示例

莎士比亚作品的文字具有多种风格，早期的、中期的和晚期的语言风格有明显区别，悲剧、喜剧、历史剧、十四行诗的语言风格也有区别。甚至同样是悲剧或喜剧，莎士比亚的语言风格往往也会很不相同。比如同样是属于悲剧，《罗密欧与朱丽叶》剧文中就常常有押韵的段落，而大悲剧《李尔王》却很少押韵；同样是喜剧，《威尼斯商人》是格律素体诗，而《快乐的温莎巧妇》却大多是散文体。

与此现象相应，我们的翻译当然也就有多种风格。虽然不完全一一对应，但我们有意避免将莎士比亚著作翻译成千篇一律的一种文体。从这个意义上说，皇家版《莎士比亚全集》汉译本在某些方面采用了全新的译法。这种全新译法不是孤立的一种译法，而是力求展示多种翻译风格、多种审美尝试。多样化为我们将来精益求精提供了相对更多的选择。如果现在固定为一种单一的风格，那么将来要想有新的突破，就困难了。概括说来，我们的多种翻译风格主要包括：1）有韵体诗词曲风味译法；2）有韵体现代文白融合译法；3）无韵体白话诗译法。下面依次选出若干相应风格的译例，供读者和有关方面品鉴。

一、有韵体诗词曲风味译法

有韵体诗词曲风味译法注意使用一些传统诗词曲中诗味比较浓郁的词汇，同时注意遣词不偏僻，节奏比较明快，音韵也比较和谐。但是，它们并不是严格意义上的传统诗词曲，只是带点诗词曲的风味而已。例如：

女巫甲　何时我等再相逢？

　　　　　闪电雷鸣急雨中？

女巫乙　待到硝烟烽火静，

　　　　　沙场成败见雌雄。

女巫丙　残阳犹挂在西空。　　　　　　（《麦克白》第一幕第一场）

小丑甲　当时年少爱风流，

　　　　　有滋有味有甜头；

　　　　　行乐哪管韶华逝，

　　　　　天下柔情最销愁。　　　　　　（《哈姆莱特》第五幕第一场）

朱丽叶　天未曙，罗郎，何苦别意匆忙？

　　　　鸟音啼，声声亮，惊骇罗郎心房。

　　　　休听作破晓云雀歌，只是夜莺唱，

　　　　石榴树间，夜夜有它设歌场。

　　　　信我，罗郎，端的只是夜莺轻唱。

罗密欧　不，是云雀报晓，不是莺歌，

　　　　看东方，无情朝阳，暗洒霞光，

　　　　流云万朵，镶嵌银带飘如浪。

　　　　星斗如烛，恰似残灯剩微芒，

　　　　欢乐白昼，悄然驻步雾嶂群岗。

　　　　奈何，我去也则生，留也必亡。

朱丽叶　听我言，天际微芒非破晓霞光，

　　　　只是金乌，吐射流星当空亮，

　　　　似明炬，今夜为郎，朗照边邦，

　　　　何愁它曼托瓦路，漫远悠长。

　　　　且稍待，正无须行色皇皇仓仓。

罗密欧　纵身陷人手，蒙斧钺加诛于刑场；

　　　　只要这勾留遂你愿，我欣然承当。

　　　　让我说，那天际灰朦，非黎明醒眼，

　　　　乃月神眉宇，幽幽映现，淡淡辉光；

　　　　那歌鸣亦非云雀之讴，哪怕它

　　　　嚣然振动于头上空冥，嘹亮高亢。

　　　　我巴不得栖身此地，永不他往。

　　　　来吧，死亡！倘朱丽叶愿遂此望。

　　　　如何，心肝？畅谈吧，趁夜色迷茫。

　　　　　　　　　　　　（《罗密欧与朱丽叶》第三幕第五场）

二、有韵体现代文白融合译法

有韵体现代文白融合译法的特点是：基本押韵，措辞上白话与文言尽量能够水乳交融；充分利用诗歌的现代节奏感，俾便能够念起来朗朗上口。例如：

哈姆莱特 死，还是生？这才是问题根本：

莫道是苦海无涯，但操戈奋进，

终赢得一片清平；或默对逆运，

忍受它箭石交攻，敢问，

两番选择，何为上乘？

死灭，睡也，倘借得长眠

可治心伤，愈千万肉身苦痛痕，

则岂非美境，人所追寻？死，睡也，

睡中或有梦魇生，唉，症结在此；

倘能撒手这碌碌凡尘，长入死梦，

又谁知梦境何形？念及此忧，

不由人踌躇难定：这满腹疑情

竟使人苟延年命，忍对苦难平生。

假如借短刀一柄，即可解脱身心，

谁甘愿受人世的鞭挞与讥评，

强权者的威压，傲慢者的骄横，

失恋的痛楚，法律的耽延，

官吏的暴虐，甚或默受小人

对贤德者肆意拳脚加身？

谁又愿肩负这如许重担，

流汗、呻吟，疲于奔命，

倘非对死后的处境心存疑云，

惧那未经发现的国土从古至今
无孤旅归来，意志的迷惘
使我辈宁愿忍受现世的忧闷，
而不敢飞身投向未知的苦境？
前瞻后顾使我们全成懦夫，
于是，本色天然的决断决行，
罩上了一层思想的惨淡余阴，
只可惜诸多待举的宏图大业，
竟因此如逝水忽然转向而行，
失掉行动的名分。　　　　　（《哈姆莱特》第三幕第一场）

麦克白　若做了便是了，则快了便是好。
若暗下毒手却能横超果报，
割人首级却赢得绝世功高，
则一击得手便大功告成，
千了百了，那么此际此宵，
身处时间之海的沙滩、岸畔，
何管它来世风险逍遥。但这种事，
现世永远有裁判的公道：
教人杀戮之策者，必受杀戮之报；
给别人下毒者，自有公平正义之手
让下毒者自食盘中毒肴。　　（《麦克白》第一幕第七场）

损神，耗精，愧煞了浪子风流，
都只为纵欲眠花卧柳，
阴谋，好杀，赌假咒，坏事做到头；

心毒手狠，野蛮粗暴，背信弃义不知羞。

才尝得云雨乐，转眼意趣休。

舍命追求，一到手，没来由

便厌腻个透。呀恰，恰像是钓钩，

但吞香饵，管教你六神无主不自由。

求时疯狂，得时也疯狂，

曾有，现有，还想有，要玩总玩不够。

适才是甜头，转瞬成苦头。

求欢同枕前，梦破云雨后。

唉，普天下谁不知这般儿歹症候，

却避不得便往这通阴曹的天堂路儿上走！

（十四行诗第一百二十九首）

三、无韵体白话诗译法

无韵体白话诗译法的特点是：虽然不押韵，但是译文有很明显的和谐节奏，措辞畅达，有诗味，明显不是普通的口语。例如：

贡妮芮　父亲，我爱您非语言所能表达；

胜过自己的眼睛、天地、自由；

超乎世上的财富或珍宝；犹如

德貌双全、康强、荣誉的生命。

子女献爱，父亲见爱，至多如此；

这种爱使言语贫乏，谈吐空虚：

超过这一切的比拟——我爱您。（《李尔王》第一幕第一场）

李尔　国王要跟康沃尔说话，慈爱的父亲

要跟他女儿说话，命令、等候他们服侍。

这话通禀他们了吗？我的气血都飙起来了！
火爆？火爆公爵？去告诉那烈性公爵——
不，还是别急：也许他是真不舒服。
人病了，常会疏忽健康时应尽的
责任。身子受折磨，
逼着头脑跟它受苦，
人就不由自主了。我要忍耐，
不再顺着我过度的轻率任性，
把难受病人偶然的发作，错认是
健康人的行为。我的王权废掉算了！
为什么要他坐在这里？这种行为
使我相信公爵夫妇不来见我
是伎俩。把我的仆人放出来。
去跟公爵夫妇讲，我要跟他们说话，
现在就要。叫他们出来听我说，
不然我要在他们房门前打起鼓来，
不让他们好睡。　　　　　（《李尔王》第二幕第二场）

奥瑟罗　诸位德高望重的大人，
　　　　　我崇敬无比的主子，
　　　　　我带走了这位元老的女儿，
　　　　　这是真的；真的，我和她结了婚，说到底，
　　　　　这就是我最大的罪状，再也没有什么罪名
　　　　　可以加到我头上了。我虽然
　　　　　说话粗鲁，不会花言巧语，
　　　　　但是七年来我用尽了双臂之力，

直到九个月前，我一直
都在战场上拼死拼活，
所以对于这个世界，我只知道
冲锋向前，不敢退缩落后，
也不会用漂亮的字眼来掩饰
不漂亮的行为。不过，如果诸位愿意耐心听听，
我也可以把我没有化装掩盖的全部过程，
一五一十地摆到诸位面前，接受批判：
我绝没有用过什么迷魂汤药、魔法妖术，
还有什么歪门邪道——反正我得到他的女儿，
全用不着这一套。 　　　　　　（《奥瑟罗》第一幕第三场）

目　录

《亨利四世》二联剧导言

　　莎士比亚融汇喜剧、历史剧和悲剧于一体的艺术技巧之臻于完美，最见于《亨利四世》二联剧之中。作为历史剧，这两部剧作以浓墨重彩的笔触，绘就了英格兰的世相全景图，包罗的社会领域之广，远胜此前的任何历史剧；随着剧情的演进，从宫廷到酒肆，从枢密院到疆场，从城市到乡村，从大主教和大法官到妓女和小偷，形形色色，众生百态，展示无遗。作为喜剧，《亨利四世》讲述了一个浪子幡然回归正途的成长故事，同时还把一个老无赖[1]安身立命的种种伎俩一一呈现，比如他如何插科打诨、大话弥天，以及他以己之"智"让"别人因我而聪明"[2]的人生妙术。作为悲剧，《亨利四世》向人们展示了一个无法摆脱自身过去的国王如何一步步走向日暮穷途，一介骄鲁武夫如何倏然早夭，空留曾经的辉煌武功无人凭吊。同时还为观众呈现了一个并非王子生父的替身父亲如何以其生父所无的热诚拥戴爱护王子，到头来却被抛弃陌路，落得个心碎而亡的下场。

　　《亨利四世》之前的《理查二世》（*Richard II*）遵循了这样一个悲剧

1　指《亨利四世》中刻画的喜剧人物福斯塔夫。——译者附注

2　见《亨利四世》下篇第一幕第二场。——译者附注

模式：高贵之人的个人秉性同其帝王之位的要求之间的错位。剧中将理查王（King Richard）的陨落与亨利·波林勃洛克的崛起并置，将他们比作一组滑轮上的两只桶，一个沉入井底之时，另一个则从井中升起。而一旦波林勃洛克称王为亨利四世，这一悲剧模式即在下一代人身上反向重演。亨利目睹他的儿子似乎在蜕变成另一个理查，游手好闲，与痞子混混为伍，搞得国中乌烟瘴气。他觉得儿子不像自己那样是个英勇的战士和决断有为的男子汉，倒是在潘西家族的儿子霍茨波身上，亨利看到了他的影子，而正是潘西家族辅助他废黜了理查登上王位。

历史上的亨利·潘西人称"霍茨波"，比亨利王子（常称为"哈利"，唯有福斯塔夫称他为"哈尔"）年长二十余岁，后者即未来的亨利五世、阿金库尔战役[1]的凯旋者。莎士比亚以其一贯自由不拘的戏剧手法，改变了历史，使两者成为争强斗胜的同代年轻人。亨利四世的噩梦在于历史的重演：霍茨波会反叛他的儿子，就如同他当年反叛理查王。他唯愿是"某个夜游神祇"将两个哈利在襁褓中互换了，"称我的孩子为潘西，称诺森伯兰的孩子为普朗塔热内"。然而，此一时，彼一时，这回是叛乱者败北，真正的继承人胜利了。《亨利四世》是一出双重剧，充满了成对出现的人物。剧中有成对出现的父子，包括亨利国王和王子以及诺森伯兰和霍茨波；扮演年轻主人公义父（surrogate fathers）角色的人物也结对登场，即约翰·福斯塔夫爵士和大法官；还有兄弟血亲成双成对（包括哈利亲王和约翰亲王、诺森伯兰和伍斯特、霍茨波和他的内弟摩提默及有亲戚关系的老哥俩夏禄和赛伦斯）；亦有插科打诨的江湖哥们儿（包括哈尔在酒店结识的以奈德·波因斯为首的"结拜兄弟"）。

在剧中，莎士比亚关注的问题之一，是一个未来的国王该接受什么

---

[1] 阿金库尔（Agincourt）战役：又译阿让库尔战役，英法百年战争中著名的以少胜多的战役。——译者附注

样的教育才恰当。都铎王朝的观念认为，一个理想的君主身上应兼有军人、学者和廷臣的品质。剑术、骑战和猎技用于培养中世纪贵族的骑士精神和风度，但此外还需学识渊博的人文师长来教习王子语言、文学、历史、伦理、法律及宗教。同时，繁复的举止规矩、约定俗成的礼仪惯例等，也必须习而从之，因为宫廷之术有赖于此。

霍茨波体现了老式的骑士精神。他宁愿跃马沙场，也不愿同他的夫人卿卿我我。他的人生信条是荣誉至上，对宫廷礼仪则嗤之以鼻，因此他一口回绝了那个衣冠楚楚、面颊光润、手持一个"鼻烟盒"前来令他交出战俘的大臣，并视之为快事。军旅生涯和宫廷生活之间的巨大反差，抵触碰撞之烈，已足以使他反逆生叛。他的勇气和精力无限，但是他"跃上容颜苍白的月亮，/取来荣誉之皎洁之光"的雄心却遭到奚落：他的夫人揶揄他，王子哈尔嘲笑他"北方的霍茨波，吃一顿早饭的工夫就杀了七八十个苏格兰人，洗洗手，对他夫人说：'这种平淡的日子真难过！我要干事。'"他的冲动说明他缺乏心计，有勇无谋，绝非一个政治家。他在一次军事会议上说："该死，/我忘记带地图！"一个胸有韬略的战术家最不可能忘记的就是地图，而且即使他忘记了，也不会如此承认。

霍茨波代表旧式的骑士精神，其反叛同盟、威尔士人葛兰道厄则体现了同样古老的人生哲学——耽于幻想。他神侃自己降生之际的种种征兆，比如天空出现各具形态的火焰，成群的山羊跑下山来，等等。但此类胡诌常遭人讥讽。当他宣称"能召唤深渊里的幽灵"时，霍茨波挖苦地问他"可你真的召唤之时，他们会来吗？"龙也好，无鳍的鱼也罢，这类"荒诞不经"之语于他们的反叛大业丝毫无补。到头来，葛兰道厄沉迷预言的后果是他未能上阵参战。

《亨利四世》上篇表现哈利王子始而"疏懒"于"骑士之道"，继而年事稍长即回归此道。甚至当他已经在战场上崭露头角时，有关荣誉的批判仍在福斯塔夫的模拟"教理问答"中继续上演："荣誉能接好断腿吗？

不能……谁得到荣誉？礼拜三死去的人。"福斯塔夫的哲学很简单："我要活命"。他从不介意行为举止的道德和政治准则。他撂下扛在背上的霍茨波的死尸时，对哈尔这样说道："我不是双重人。"然而他的块头确实是剧中任何一个人的两倍，而且他还相当于活了两次：他在什鲁斯伯里战场上装死捡了一条命，在下篇中又满血归来。摆脱胆怯的福斯塔夫要比击败勇武的霍茨波难得多。"你不是看上去那个样子的东西。"哈尔如是说。在佯装杀死霍茨波一事上，他并不是外表看上去那样一个懦夫。但是他并未亲手杀死霍茨波，仅仅在已死的霍茨波身上捅了一刀，这是极端不荣誉的行为。然而，何谓荣誉？一个词儿而已，一个空洞的符号。唯有骗子、唯有孤注一掷之徒，才得以苟且偷生，而不是荣誉至上之辈。

福斯塔夫既是大骗子，也说大实话，他一语道破战争的实质：士兵就是"当炮灰"。莎士比亚为什么将他写成一个大胖子？原因之一是提醒观众，人之躯体是有血有肉的实体，福斯塔夫的巨大腰身说明，历史不仅由滔滔不绝的演说和轰轰烈烈的事件组成，而且有芸芸众生的日常生活，他们吃、喝、睡觉、死亡："豪言壮语！精彩人间！老板娘，我的早饭，快！／啊，但愿这酒店就是我的咚咚战鼓！"

本剧上篇的一个关键词是"本能"。霍茨波的勇气出自本能，而福斯塔夫的自我保护意识也源于本能。国王认为其子也是出自本能地怠惰、无责任心。16世纪的皇家人文教育的宗旨是通过培养王子的道德、语言和政治素质，克服这些与生俱来的习性。对于哈尔，位于依斯特溪泊的国王酒店是对宫廷学堂的模仿，福斯塔夫的身份显然是他的"教师"，而教育的核心是学习一种新的语言，但不是拉丁语，也不是希腊语，更不是文绉绉的宫廷辞令，而是大众的语言。这个哈利掌握了同每一个"汤姆、狄克和弗朗西斯"交谈的门道。他学会了三教九流各色人等的行话——"他们称狂饮为红红脸"——并且"一刻钟之内""就同他们混得如鱼得水，称兄道弟"，以至于今后一辈子他"同随便哪个补锅匠之流""都能用他的语言同他喝酒聊天，打成一片"。亨利四世认为，他的前任理查二世的一大弊病就是试图亲民近民，结果销蚀了君民之间的必要距离，而正是这种距离制造了敬畏感并赋予王权以神秘感。而亨利四世自己同公众的遥远距离——他身边几乎都是一帮亲信廷臣，大部分时间都是深居宫闱——却令他大权旁落、威仪日衰。亨利王子则恰恰相反，他了解大众，与民相处，关系洽睦，这使他在《亨利五世》（Henry V）中能够鼓动和指挥部众建功立业。这一切正是借助戏剧语言这一媒介得以实现：莎士比亚笔下所有其他英国国王的语言全部是诗句，而哈尔王子讲的却是一口流畅的散文，娴熟而自然，这使他放低了身段，与他的民众打成一片。在阿金库尔战役的前夜，他又一次运用了他在依斯特溪泊所用的手法，微服巡行于他的士卒之中。

王子的成功符合睿智老练的政治家尤利西斯（Ulysses）在《特洛伊罗斯与克瑞西达》（Troilus and Cressida）中所宣扬的原则：一个人"不能吹嘘其所有 / 亦不可觉得其所异，除非通过反射，/ 当其美德惠及别人，/ 如热力照射，别人再把热力返回到 / 发出最初热力的他自己"。也就是说，只有经过比较，我们才能作出价值判断。"陛下，潘西仅代理我 / 囊括天下美名"是亨利·蒙茅斯韬光养晦、暂时将荣耀风光让与亨利·霍茨波的权宜之策，如此一来，当他最终挫败霍茨波之时，他的荣耀武功会更加凸显。他的这一策略其实在他的第一段独白所呈示的意象中即已显露无遗：云开后的太阳愈益辉煌，回归正途的王子"如金银衬于暗底而耀眼……愈显今之上进，更赢天下人之羡钦"。此剧结构之妙正在于以几个配角陪衬王子，彰显其德资。

哈利王子属于未来，而其父王则备受过去的困扰。《亨利四世》二联剧中有很多回忆过去波林勃洛克如何以"奸诈手段""谋得"（或者不如说"篡夺"）王冠的内容。在下篇后半部戏中，国王身处最脆弱之境，岌岌乎殆，那一场戏可能使当时的审查员怏怏不快：重病的国王夜不能寐，思虑国事，社稷有累卵之危，而自己过去的罪孽如重负压身，难以解脱。亨利四世本身就是一个篡位者，因此对于曾经是其盟友的反叛者，他没有赖以树立其权威的基础。他的王权的唯一基石是战场上的胜利，而在上、下两篇中胜利都是通过施用诡计取得的。在上篇的什鲁斯伯里之役中，几个人乔装成国王以蒙蔽敌方。道格拉斯在杀死其中一个假国王之后，以为又遇到一个假的，对他说："你是何人？／竟假扮国王以欺世？"然而这个国王是真的，不是冒牌货。这真真假假、扑朔迷离，高度戏剧化地点出要害：国王篡夺王位而上台，所以他确实是一个稽冒者。在下篇当中，国王沉疴在身，难以参战，于是，在高尔特里森林中，国王的次子，兰开斯特的约翰亲王，实施了一个马基雅弗利[1]式的卑鄙计划，即公然背信弃义，撕毁事先议定的停战协议。不知这是否意味着哈利王子成了马基雅弗利的忠实追随者，因为马氏鼓吹一个有为的君主可以指使别人为自己干不光彩的勾当？

在《亨利四世》上篇的开头，国王说因为内乱重起，英格兰的土地上又添新创，他必须推迟出师圣地的远征计划。他梦寐以求的是，将耶路撒冷从异教徒手中解放出来，以此为自己赎罪，然而这个梦想一直没有付诸实施。颇具讽刺意味的是，他本人将在圣地了却此生的预言却真的实现了：他死在了王宫中的"耶路撒冷寝宫"里。亨利四世担忧他作为父亲所作的孽将报应在其子身上，这一忧虑很明显源自哈利王子交友不善：

1　马基雅弗利（Machiavelli，1469—1527）：意大利政治家、政治哲学家，主张为达政治目的，可以罔顾道德、不择手段，史称马基雅弗利主义，著有《君主论》（*The Prince*）。——译者附注

因哈利五世去制约之缰策，
无羁野犬必利牙伤及无辜。
吾国饱受内乱之苦，可怜啊！
我在世时的操劳难平国乱，
我之后无人操劳国是奈何？
啊，吾国将返为蛮荒之地，
老狼出没街衢，人迹了了。

　　他预料，王子的任性无道，如"无羁野犬"，继位后将酿天下大乱之祸。而这种混乱局面却正是福斯塔夫所希望看到的。一听到他所爱戴的哈尔已经继位称王，福斯塔夫马上宣布："现在英国的法律由我支配……大法官该倒大霉了！"但是，令福斯塔夫大吃一惊的是，哈尔一上台，立即认福斯塔夫的宿敌大法官为义父。在《亨利四世》上篇中，亨利王子由一个流连酒馆的花花公子幡然回头成为马背上的勇士，震愕了叛敌，而到了下篇，他又会证明自己已然文武兼修、能文能武。

　　上篇一开始，王子自暴心机的独白以此句开头："我深知众卿所作所为。"下篇进行到后面，新加冕的国王弃逐福斯塔夫之时，以此语开头："我不认得你，老人家。"前后语言的回响应和，传达出确凿无疑的含义：他不再是哈尔，他要兑现他的诺言，即当时机到来之际，他要同年少轻狂时的伙伴及带他走上歪路的不良之徒一刀两断。正如其独白所预示的，哈利成功地破除了世人的成见。他幡然转变的光芒掩盖了他的过失。而福斯塔夫及其朋党则一下子成了王子所玩的魔术中的道具，俨然是为打动观众精心设计、呈现人物命运转变过程的戏剧化一幕。

　　于是，截然相反的解读便成为可能。一种说法认为，历史的政治进程同种种人性的善德，如友谊、忠诚、好脾气、友善、娴于辞令、自嘲、忠心、爱心等，极端不相容。人性让位于《约翰王》（*King John*）中的私生子所称作"利益"的东西。另一种观点认为，福斯塔夫体现了人欲的诱惑，很典型地在七宗重罪中至少占了三宗——贪吃、好色和懒惰。他是传统道德戏中的"丑角"，而哈尔对他的疏远顺理成章地成为他踏上政治和道德的赎罪之途的决定性一步。如此，哈尔一身兼具的两个角色都可以扮演得令人信服：他既是一个在人生旅程上日臻成熟的年轻人，期间尚能时而偏离人生正途的狭道，又是莎士比亚笔下不择手段的权谋家之一，精力充沛，智力过人，善于表演，同时又极为羞怯，感情内敛。

现在无法获知莎士比亚是一开始就意图将《亨利四世》分为上、下两篇，还是在写作或排演上篇的过程中发现一出剧中难以容纳两个高潮：王子在战场击败霍茨波、证明自己是一个骁勇的武士，这是第一个高潮；王子之后立即疏远福斯塔夫及其他流氓盗匪形成了第二高潮。于是，弃逐福斯塔夫的情节到下篇才上演，但该情节在上篇的戏中戏里已有预示，即酒馆里预演的王子重获父王宠爱的那场戏。

这是一场出色的即兴戏，演得很精彩，表演者轮换角色，模仿不同的语言风格。例如，当福斯塔夫演亨利王时，他惟妙惟肖地模仿剧作家约翰·黎里（John Lyly）[1] 矫揉造作的宫廷散文风格："虽然春黄菊越遭践踏越易滋长，韶华光阴却虚抛不再来。"注重细节是莎士比亚的一大特点：当福斯塔夫扮演国王时，他呼王子为"哈利"而非昵称"哈尔"。虽然模拟表演的语言微妙复杂，舞台却简简单单："这把椅子就算我的王座，这把短剑就是我的权杖，这个垫子就是我的王冠。"这种超戏剧效果提醒观众他们身在剧院，同时暗示：权力本身就是一种戏剧形式。没有什么内在的理由支持金王冠就代表神圣高贵，而不值钱的垫子就意味着乌合

---

1 约翰·黎里（John Lyly, 1554？—1606）：英国伊丽莎白一世时期剧作家和散文作家，其文风对英语有持久影响。——译者附注

之众；无论在剧场还是在宫廷，王座可以代表"国家之首"，但那也不过是一把椅子而已。

　　一把椅子就是一把椅子，正如盖兹希尔所言，"天下的人都有一个共同的名字：'人'。"福斯塔夫可能是"德高望重的罪恶的化身、满头白发的罪孽魁首、老无赖、年深月久的虚荣之最"，但他也是人类共同弱点的集中体现："如果喝几杯加糖的萨克酒就算过失，愿上天拯救失足者！如果人老了寻点开心也算罪过，那我认识的许多老者都要下地狱！"罢黜胖杰克无异于罢黜"整个世界"。扮演父王的哈尔说："我要，我一定要罢黜他，"预示他一旦为王就会这么做。正如莎士比亚常做的那样，其艺术魅力最集中的表现形式，就是不下定论。不管有心或无心，究竟哈尔是否"货真价实"？他是否可能成为真正的朋友和真正的王子？在这场即兴戏结束时，他更有朋友之义而非王子之尊，为了保护福斯塔夫，他不惜对权威人物郡长说谎。真的如某些编辑所校勘的，他"根本就疯了"，同他一时的"荒唐"形成本质上的反差？福斯塔夫说，"一位当朝的真王子为寻开心可暂做一个假贼。"这场以"寻开心"为目的的戏中戏，是乱世之中的一段插曲，还是自我在熔炉里的重新塑造？

　　有关亨利五世年轻时期的桀骜不驯、放浪不羁，历史上几乎没有证据。在编年史和无名氏剧本《亨利五世之辉煌战绩》（*The Famous Victories of Henry the Fifth*）中有关于他是"一个浪子"的附会，以突显他称王之后所经历的变化：厉行法治，使其父治下分裂的国家归于统一，天下大治。弃逐福斯塔夫之流的重要性在于表明哈利在加冕之际就象征性地成为了新人。"改进"这一概念和荡涤过去的罪孽显然具有强烈的宗教内涵。每次王子回到宫中，他的话语都充满了"堕落"、"宽恕"之类的字眼。当他打了胜仗，其父对他说："你已恢复你失去的名誉。"

　　哈尔王子的人生节奏与天命历史的运行同律而动，导致了他的"改进"并担当重要角色，这样的角色使他赢得了伊丽莎白女王的青睐：他统一了国家，战胜了敌国，成为一个伟大、独立的国家的英明领袖。福斯塔夫的人生节奏则随身体和四季的变化而移易。在下篇中，他到英格兰的腹地旅行，来到乡村法官夏禄在格洛斯特郡的果园。在夏禄的款款闲谈中，乡村世界的一切都熠熠生辉，给他留下难忘的记忆。虽然夏禄所谈无非是区区琐事，却出奇地深刻，唤起了观众对古老、安定的英格兰的回忆，比钩心斗角、革新与复辟此起彼伏的宫廷世界好得多。与此前的任何一部历史剧相比，《亨利四世》引入了更多的普通老百姓的日常生活细节。上篇的挑夫一幕再现了普通劳作日的缩影和人们的日常话语（"自从马夫罗宾死后，这家店就搞得翻天覆地的，全乱套啦。"），而在下篇中，格洛斯特郡一节的描写也细腻入微。夏禄的亲戚赛伦斯从林肯郡来此地小住，一起聊天（"两头上等小公牛在斯坦福德集市卖多少钱？……你镇上的德勃尔老哥还在吗？"），一起回忆往事，福斯塔夫也搭腔了（"我们听见过半夜钟声哩，夏禄先生"）。在此，剧情的节奏放缓了，以示对老者的敬意，即使我们笑话他们。

从夏禄那里我们得知，福斯塔夫的职业生涯是以给诺福克公爵托马斯·毛勃雷当听差开始的。这似乎是莎士比亚式的想象，并无依据：历史上的约翰·福斯塔夫爵士——他在《亨利四世》上篇中逃离了战场——并无此经历，历史上的约翰·奥尔德卡斯尔爵士——剧中人物福斯塔夫开初就是对他的不敬写照——也无此经历。为什么莎士比亚给剧中的福斯塔夫安排了早期做毛勃雷听差的经历？在一定程度上，这将他同以亨利四世及其子为代表的兰开斯特王朝的反对派拉扯上了。在理查二世初年，亨利四世还叫波林勃洛克，那时毛勃雷已经是他的对头。有其父，必有其子：正如波林勃洛克谴责毛勃雷背叛并将他驱逐出境，哈尔也要将福斯塔夫从身边赶走。毛勃雷离开时深情告别故土和母语，意在说明对英国土地和语言之爱远胜于改朝换代之异。在自私自利的波林勃洛克嘴里，我们根本听不到如此的爱国动情之声。他也没有作出任何努力，去恢复他的父亲、冈特的约翰（他的名字和他的英格兰也被夏禄牢记）临终遗言中所理想化的古老英国。

在莎士比亚自己的时代，那些因意识形态的异见而被放逐但依然声称忠于英国的人多为天主教徒。这揭示了将福斯塔夫同诺福克公爵相关联之典故的另一层意义。对于伊丽莎白时代的观众，诺福克之名——英国当时唯一遗存的公国——和公开或隐蔽的天主教同情者是同义语。在亨利八世同罗马决裂而正式发起官方改教之后的很长时间里，古老的天主教传统在英国一直挥之不去。天主教的宗教仪式同农业历法以及人的生物周期之间的整体关系不可能一夜之间被打破。于是，福斯塔夫深入英国腹地的旅行也意味着一次对莎士比亚的父辈和母亲的祖父辈的古老宗教的探求之行。在具体塑造他从旧剧《亨利五世之辉煌战绩》承袭的王子的损友这一人物框架的过程中，莎士比亚不仅保留还大量使用了他自己的父亲的名字"约翰"，这是否是巧合，确实让人浮想联翩。具有讽刺意味的是，福斯塔夫的原名"奥尔德卡斯尔"必须更改，因为这一人物被看成是对原始新教罗拉德派的一个同名殉教者的侮辱："奥尔德卡斯尔早就以身殉教了，"下篇的收场白说，"我们的戏演的不是此人。"

确实，此人已非彼人，因为福斯塔夫正体现了在宗教改革的名义下被压制的天主教的那些历史悠久的生活节奏。奥尔德卡斯尔的遗影闪现于全剧："福斯塔夫正走得汗尽欲亡"暗示殉教者被烧死在火堆上，而"如果坐在囚车上我不比任何人都显得更加潇洒的话"则可能既指一个罪犯被押上绞刑架，也指一个宗教异见者上路去受火刑。新教徒，尤其是其极端派别清教徒，传统的形象偏于清瘦，而肥胖的僧人则是天主教腐败的象征。莎士比亚将约翰爵士写成肥胖者，并且不用奥尔德卡斯尔称呼他，是要将天主教的幽灵与新教派的殉教并置而形成强烈反差。福斯塔

夫是马伏里奥（Malvolio）的对立面：他代表的是蛋糕和啤酒、节日和庆
典，是一切遭清教徒诅咒的东西。在《亨利五世》的开头，坎特伯雷大
主教证实，弃逐福斯塔夫使哈利王子的改进臻于完善："洗心革面如此之
迅猛彻底，/ 以大浪淘沙之势荡涤锢蔽。"如果说剧中有原始新教徒或萌
芽中的清教徒，他就是亨利五世，他刚刚洗刷了他的过去，驱走了旧友，
将老英格兰封进了历史。

即使福斯塔夫利用哈尔作为自己的晋身之阶，比起冷漠而工于心计
的亨利四世，他一直是更像父亲的那一个。通过同浪荡的王子摹演他即
将觐见父王的情景时福斯塔夫的满腔热情与实际觐见中父王的冷漠之间
的鲜明对比，这一点呈现得清清楚楚。下篇结尾处的繁复与疼痛导源于
即将回家继承政治遗产的浪子哈尔撕碎了老英格兰的内核。据霍林谢德[1]
的《编年史》（Chronicles），亨利五世对友情无不报偿，但莎士比亚笔下
的历史却并非如此。"夏禄先生，我欠你一千镑，"在福斯塔夫被他的"乖
孩子"公开斥责之后，他立即这样说，以便改变话题，正如人们在遭遇
背叛或迷惑不解之时常有的反应。此际，凡细心看过上、下两篇的观众
可能记得哈尔和福斯塔夫之间早前的一段对话。当哈尔问："老家伙，我
欠你一千英镑吗？"福斯塔夫回答："一千英镑，哈尔？一百万。你的爱
值一百万，你欠我的是你的爱。"

在下篇的收场白中，莎士比亚承诺："我们的谦卑的作者将把戏文继
续演绎下去，让约翰爵士继续粉墨登场，还有艳色惊人的法国公主凯瑟
琳，令你们如痴如醉。"凡观看过《亨利五世》的观众都可据此承诺要求
退还票钱，因为我们在阿金库尔这场戏中根本没有看见约翰·福斯塔夫
爵士的影子。他的出现会对"革新"的国王提出太多的难堪问题。我们

---

1 指拉斐尔·霍林谢德（Raphael Holinshed，？—约 1580），英国编年史学家。——译者附注

仅听到他死亡的消息，极具喜剧性，同时也极令人伤感。国王使他的心碎了。

参考资料：《亨利四世》上篇

剧情： 废黜国王理查二世后，亨利·波林勃洛克登上王位，即亨利四世。废黜之事一直令亨利良心难安，而原来支持他称王的贵族之中，竟形成一股反对势力，日渐坐大，威胁王权。国王之子亨利王子（又称哈利，福斯塔夫叫他哈尔）生活放浪不检，与约翰·福斯塔夫爵士及一帮不良之徒为伍，他们经常光顾依斯特溪泊酒店，还合伙拦路抢劫，掠人钱财。诺森伯兰伯爵之子亨利·潘西生性勇武、鲁莽，人称"霍茨波"，以他为首的反王势力公开反叛。潘西家族全力支持霍茨波之妻兄埃德蒙·摩提默问鼎王位。叛乱的发生促使哈尔回到父王身边，福斯塔夫也纠集起一支杂牌军勤王护驾。最后王师在什鲁斯伯里之役中击败叛军，哈尔亲手杀死霍茨波。福斯塔夫在战争中生还。

主要角色：（列有台词行数百分比／台词段数／上场次数）福斯塔夫（20%/151/8），亨利王子（18%/170/10），霍茨波（18%/102/8），亨利四世（11%/30/6），伍斯特（6%/35/7），波因斯（3%/36/3），葛兰道厄（3%/23/1）。有若干人物的台词比例占全剧3000行的15—30行之间，他们是：道格拉斯、老板娘奎克莉、盖兹希尔、凡农、摩提默、潘西夫人、巴道夫、勃伦特、诺森伯兰、威斯特摩兰和弗朗西斯。

语体风格： 诗体约占55%，散体约占45%。

创作年代： 写作和首次演出时间很可能在1596—1597年之间；登记出版时

间为 1598 年 2 月。福斯塔夫这个角色最初的名字取作"奥尔德卡斯尔"；这个名字很可能是在考勃汉勋爵威廉·布鲁克（William Brooke，历史上的约翰·奥尔德卡斯尔爵士的旁系后裔）出任宫务大臣（1596 年 8 月—1597 年 3 月）的那几个月改为"福斯塔夫"，或是在一出具政治煽动性的戏剧《狗岛》（*The Isle of Dogs*）引发禁演（1597 年 7—10 月）之后易名。

取材来源：以霍林谢德的 1587 年版《编年史》中所述亨利四世朝代之事为据，同时参考了塞缪尔·丹尼尔（Samuel Daniel）的叙事诗《内战》前四卷（*The First Four Books of the Civil Wars*，1595 年）。以年龄为例，历史上的霍茨波比哈尔年长 20 岁，但为戏剧效果所需，丹尼尔笔下的二人年龄相若，为同代人。史料同喜剧糅合，以亨利王子桀骜不驯的青年时期为背景，这种手法借鉴了王后剧团的一出无名氏戏剧《亨利五世之辉煌战绩》（于 16 世纪 80 年代晚期上演），剧中人物即包括福斯塔夫和波因斯的原型。

文本：1598 年四开本（可能基于莎士比亚原稿的手抄本；有两种印本，其中一种仅余几页），分别于 1599 年、1604 年、1608 年、1613 年和 1622 年重印（足见这是莎士比亚最受欢迎的剧目之一）。对开本以第五四开本为据，校正了其中一些错讹之处，但远非全部。其中的诅咒詈骂之语均按 1606 年国会《限制演员粗鄙语言法》（*Act to restrain the Abuses of Players*）之规定一概删除。该法令适用于舞台演出，而非印行的剧本，这表明对开本还另外参照了一个舞台脚本。由此有充足的理由认为对开本是一个自成一体的文本，其权威性不容置疑。我们此次编印的文本即基于对开本，但对明显的错漏之处，无论来自四开本的传统惯例或出自对开本的排印之误，都依据第一四开本恢复其原貌。

乔纳森·贝特（Jonathan Bate）

亨利四世（上）

亨利四世，原亨利·波林勃洛克，兰开斯特公爵

亨利王子，威尔士亲王，哈尔或哈利·蒙茅斯

约翰亲王，前者之弟，兰开斯特勋爵

威斯特摩兰伯爵

华特·**勃伦特**爵士

约翰·**福斯塔夫**爵士

爱德华或奈德·**波因斯**

皮多

巴道夫

诺森伯兰伯爵，亨利·潘西

伍斯特伯爵，托马斯·潘西，前者之弟

霍茨波，亨利（或哈利）·潘西爵士，诺森伯兰伯爵之子

埃德蒙·**摩提默勋爵**，马奇伯爵，霍茨波之妻兄

奥温·**葛兰道厄**，威尔士勋爵，摩提默之岳丈

道格拉斯伯爵，苏格兰贵族

理查·**凡农爵士**

约克大主教，理查·斯克鲁普

迈克尔爵士，约克大主教之家人

潘西夫人（凯特），霍茨波之妻，摩提默之妹

摩提默夫人，摩提默之妻，葛兰道厄之女

挑夫甲（马格斯）

马夫

挑夫乙（汤姆）

盖兹希尔

大伙计

旅客甲

旅客乙

弗朗西斯，酒店伙计学徒或招待

酒店老板

老板娘奎克莉，酒店老板娘

郡长

仆人

信差

众臣、士卒、其余旅客及随从

第 一 幕

第一场 / 第一景

王官内 [1]

国王、约翰·兰开斯特勋爵、威斯特摩兰伯爵及其余众人上

亨利四世　　　山河如此动荡，生灵备受煎熬，

　　　　　　　　惊破的安宁正欲喘息，

　　　　　　　　喘息未定，嘶咽声声，

　　　　　　　　又吹响新征海外的号鸣。

　　　　　　　　再也不能用她儿女的鲜血

　　　　　　　　涂污这片母土的焦渴之唇。

　　　　　　　　再也不能容忍战壕撕裂沃野，

　　　　　　　　不能任仇恨的铁蹄践踏花草。

　　　　　　　　那些含恨的眼睛，像天上

　　　　　　　　纷扰的流星，本是同宗同根，

　　　　　　　　近日却同室操戈，手足相争，

　　　　　　　　几至骨肉相残，血染刀兵。

　　　　　　　　而今我们将并肩为友，同路同心，

　　　　　　　　再不要以友为敌，视亲为仇：

　　　　　　　　内斗的锋刃如一柄入鞘未妥的剑，

　　　　　　　　不能再伤其主人。

1　亨利·波林勃洛克于 1399 年逼其堂兄理查二世（Richard II）逊位后篡夺了王位。此后不久，理查即神秘死亡。亨利当政的早期以竭力维护王权的合法性、巩固自身统治为要务，同时国内暴乱频仍。本剧开场时，亨利四世对国内的动荡深表忧虑。

朋友诸君，你们是基督的战士，
在基督的神圣十字架下，
我们誓师出征一战，
旌麾所向，基督的圣陵——
我们要立即征募一支英军：
英国人是天生的士兵，
娘胎里已将武器炼精；
在圣灵的脚步幸临过的圣地，
我们挥师将异教徒追击；
一千四百年前，为我辈的福祉，
他被钉在十字架上，受难殉身。
这一征战十二个月前已定，
无须在此重申既定的使命。——
此时相会，我要请威斯特摩兰贤卿
告诉我在昨夜的会议上
对发起这场重大的远征，
有何部署与决定。

威斯特摩兰　陛下，我们正热议此事，
并已拟定各项战事布局，
不料突生变故，威尔士来一急使，
带来种种不幸的消息；
不幸之不幸，是尊贵的摩提默
率赫里福德郡的士卒
抗击反叛的葛兰道厄，
却被这粗野的威尔士人所虏，
手下一千人惨遭屠戮，
尸体被威尔士女人极尽凌辱，

	支离毁形，肆意玷污，
	如此兽行，惨不忍睹，
	提及心惊，不堪复述。
亨利四世	看来这番骚乱的消息
	要耽延远征圣地之战。
威斯特摩兰	尊贵的陛下，噩耗联翩而至。
	北方传来的凶讯，局势危急：
	在圣十字架节[1]那天，
	骁勇的霍茨波[2]，
	即小将亨利·潘西，
	同英名不虚的猛将、
	苏格兰人阿契包尔德，
	在霍美敦激烈交锋，
	血腥惨烈，悲风切切；
	信使飞马报战讯，
	迅如双方的炮火；
	此刻鏖战正酣，
	鹿死谁手尚未可知。
亨利四世	忠勤挚友华特·勃伦特爵士，
	一路风尘从霍美敦至此，
	携来令人欣慰的消息：
	道格拉斯伯爵已经败北，
	为华特爵士所亲见，
	一万勇猛的苏格兰人

1　圣十字架节（Holy Rood Day）：9 月 14 日，纪念耶稣被钉死在十字架的节日。
2　霍茨波（Hotspur）：哈利·潘西的别名，英语词义暗示其人精力旺盛，急躁且鲁莽。

　　　　　　　　和二十二名骑士倒毙血泊。

　　　　　　　　霍茨波擒获的战俘中，

　　　　　　　　有败将道格拉斯的长子

　　　　　　　　即法夫伯爵摩代克[1]；还有

　　　　　　　　阿索尔伯爵、默里伯爵、

　　　　　　　　安格斯伯爵和孟提斯伯爵[2]。

　　　　　　　　这难道不是辉煌的战绩？

　　　　　　　　哈，贤卿，你说是不是？

威斯特摩兰　这的确是一场值得君王自豪的胜利。

亨利四世　　唔，你这话倒叫我伤心又妒忌，

　　　　　　　　诺森伯兰伯爵的儿子居然这么出息：

　　　　　　　　众口皆碑，鼓舌赞誉，

　　　　　　　　如秀木之出于莽林，

　　　　　　　　是命运之神的宠儿和骄子；

　　　　　　　　我的哈利放浪肆恣，相形见绌，

　　　　　　　　昭然如刻在他额头的耻辱。

　　　　　　　　啊，但愿能证明，某个夜游神祇，

　　　　　　　　在襁褓中互换了这两个婴儿，[3]

　　　　　　　　称我的孩子为潘西，

　　　　　　　　称诺森伯兰的孩子为普朗塔热内[4]，

　　　　　　　　这样，我就得到他的哈利，

　　　　　　　　他得到我的儿子。

1　摩代克（Mordake）历史上确实是法夫伯爵，但并非道格拉斯的儿子。莎士比亚或误读了他
　　的主要文献依据，即霍林谢德的《编年史》。

2　孟斯伯爵（Earl of Menteith）：实际上并非又一伯爵，而是摩代克的头衔之一。

3　民间认为，神祇有时偷走婴儿，换成调皮捣蛋的神祇的小孩。

4　普朗塔热内（Plantagenet）是亨利王朝王室的姓氏，又译金雀花。

算啦，不提我的儿子了。
贤卿，你看潘西这小子是不是骄横？
居然将此战中擒获的俘虏
全部据为己有，供他驱用，
带个口信说，除了摩代克，他全留。

威斯特摩兰　　这都是他的叔父伍斯特的教唆，
这小子才自鸣得意，翘起雄冠，
冒犯陛下的威权；这个伍斯特
对陛下居心叵测乃是一贯。

亨利四世　　可我已遣人传唤潘西，令他
对他的企图作出解释。为此必须暂缓
远征耶路撒冷之圣举。
贤卿，下礼拜三在温莎议事，
你即去通知各大臣届时临莅；
尔后你作速返回宫里，
因诸多事体宜多商议，
逞一时之怒于事无补。

威斯特摩兰　　遵旨，陛下。　　　　　　　　　　众人下

第二场　　/　　第二景

伦敦，但具体地点不详，可能在王子的住所
威尔士亲王亨利与约翰·福斯塔夫爵士上

福斯塔夫　　嘿，哈尔，现在什么时候啦，年轻人？

亨利王子	你喝萨克老酒 [1] 喝傻啦，吃过晚饭你就宽衣解带睡觉，一过正午你就在凳子上打鼾，傻乎乎忘记了该问什么问题。时间同你有什么相干？除非每一个钟点就是一杯萨克酒，每一分钟就是一阉鸡，时钟是鸨母的舌头，日晷是妓院的招牌，就连那尊贵的太阳自己都变成一个身着火红色绸衣的娇艳风骚的女人，除非如此，我不知道你有什么理由如此好奇，多费口舌问现在是几点？
福斯塔夫	的确，你这话说到点子上了，哈尔。我们掏人家钱袋过日子，昼伏夜出，在月亮和七星之下出没，而不与"英俊的巡游骑士"福玻斯 [2] 同行。我恳求你，好孩子，你当了国王——上帝保佑殿下，不，我应该说保佑陛下才对，因为殿下的风度，你将一点没有了 [3]——
亨利王子	什么，一点没有？
福斯塔夫	没有，还不够作一次餐前谢恩祷告哩。
亨利王子	嗨，那又怎么样？要说就说明白，说明白。
福斯塔夫	以圣母的名义，好孩子，等你当了国王，别让人们称我们这些夜晚的贴身侍卫为虚度白日韶光的窃贼。让我们做狄安娜 [4] 的仆从、黑夜的绅士、月亮的幸宠；让人们视我们为循规蹈矩的人，正如大海之水 [5]，我们也归高贵圣洁的月亮女神管辖，有她的首肯，我们才趁夜蹑行。
亨利王子	说得在理，理所当然。我们既是月亮的人，命运就如大

---

1 萨克酒（sack）：一种西班牙白葡萄酒。
2 福玻斯（Phoebus）：希腊神话中的太阳神阿波罗（Apollo）的别名。
3 此句中的"殿下"、"风度"在原文中均为 grace，一语而关三义：一作尊称"殿下"，二作"风度"，三指"餐前谢恩祷告"。——译者附注
4 狄安娜（Diana）：罗马神话中的月亮与狩猎女神，是处女的守护神。
5 意指海水的潮汐受月亮的影响。

海的潮涨潮落，由月亮掌控。比如，星期一晚上拼命抢一袋金币，星期二早上就挥霍一空；大喝一声"放下刀"把钱抢到手，叫几声"拿酒来"就花得精光。潦倒时，命运俯首在绞刑架底，忽然转运，一朝高升，升到绞刑架顶。

福斯塔夫　　说得好，年轻人。这酒店的老板娘不就是一个甜美的女人吗？

亨利王子　　像海布拉[1]的蜂蜜那样甜，城堡里的老家伙。[2]一件紧身皮衣不也是一件经久耐穿的可爱的囚服吗？

福斯塔夫　　说什么，说什么，疯孩子？哈哈，又是你的俏皮话？我同紧身皮衣有什么鬼相干？

亨利王子　　嗨，我同酒店的老板娘又有何干？

福斯塔夫　　咳，你常常召她，召她过来结账[3]，不知好多回了。

亨利王子　　我叫你付过你自己的账吗？

福斯塔夫　　没有，说句公道话，我的账都是你付的。

亨利王子　　对啊，别的账我也给你付，我有钱就付钱，没有钱就以我的信用担保。

福斯塔夫　　是啊，信用用遍天下，倘不是天下人人都知道你是当朝亲王，那——可是，请问你，好孩子，你当国王后英国还有绞刑架吗？法律的陈词滥调会照样像一个糊涂的老小丑欺诈敢作敢为的人吗？你当了国王，可不要吊死小偷。

亨利王子　　我不，你去吧。

1　海布拉（Hybla）：西西里岛一城镇，以盛产蜂蜜出名。
2　此句中"城堡"（castle）一词影射莎士比亚最初给福斯塔夫所起的名字"奥尔德卡斯尔"（Oldcastle）。"城堡"也暗含"囚禁"之意；也可能影射当时伦敦一家名为"城堡"的妓院，castle 在当时俚语中有"阴道"之意。
3　此处"结账"（reck'ning）有性影射。

福斯塔夫	我去吗？太美了！我要当一个杰出的法官。
亨利王子	你还没当就已经判错了：我是说，要你去吊死小偷，当一个杰出的刽子手。
福斯塔夫	嘿，哈尔，嘿，当刽子手差不多也投合我的脾性，同在宫廷效劳一样，是的，差不多一样。
亨利王子	为获御赏？
福斯塔夫	什么御赏，弄些衣裳罢了，刽子手可不缺衣服穿啊。[1] 我现在郁闷得很，就像一只雄猫，也像一头被人拽着的熊。
亨利王子	还像一头老迈的狮子，一柄求爱的琴。
福斯塔夫	是啊，又像林肯郡的风笛在哼哼。
亨利王子	你说你的郁闷像不像一只野兔，[2] 或穆尔底齐臭水沟[3]？
福斯塔夫	你这些比喻真叫人反胃，你可真是一个能说会道、捣蛋无比、可亲可爱的亲王。可是，哈尔，求你不要再耍贫嘴了。但愿你和我知道哪里能买到好名声这种东西就好了。前几天在街上，一个枢密院的老大臣在我面前骂你，大人，可我没有理睬他。然而他说得很有道理，可我没有搭理他；说得有理，而且在街上说的。
亨利王子	你做得对，谁也不会理会他的。[4]
福斯塔夫	哎，你一开口就引经据典，圣人也要被你带坏。你害我不浅哩，哈尔，上帝饶恕你吧。认识你之前，哈尔，我一无所知。现在的我，说句老实话，不比坏人好多少。我必须放弃这种生活，我决心放弃这种生活。如其不然，

---

1 据当时英国法律，刽子手有权获得被处决的犯人的衣物。

2 传说中野兔是一种忧郁的动物。

3 穆尔底齐（Moorditch）是当时伦敦城北墙外一条以污秽出名的排水沟。

4 影射《圣经·箴言》第 1 章 20 至 24 节之语："智慧在街市上呼喊……无人理会"。

我就是一条恶棍。我不会为基督世界的一个国王的儿子去下地狱。

亨利王子 杰克[1]，我们明天到哪里去弄些钱来？

福斯塔夫 你说哪里就到哪里，哈尔，算我一个就是了。如果我不去，你骂我是恶棍，当众伤我的面子。

亨利王子 你如此改邪归正，祷告一完就去抢钱袋。

福斯塔夫 怎么，哈尔，此乃吾之天职：人为职业而操劳不为罪过。波因斯！盖兹希尔[2]把点踩好没有？啊，如果人的灵魂必以行善积德而得救的话，地狱里哪一个火洞才够灼热以熬炼他的灵魂？此人是恶棍中的出类拔萃者，专对世上的老实人大吼发威："留下买路钱！"

波因斯上

亨利王子 早安，奈德。

波因斯 早安，可爱的哈尔。悔恨先生说什么来着？甜酒约翰爵士说什么来着，杰克？在去年耶稣受难日[3]那天，你为一杯马德拉酒[4]和一只冷阉鸡腿答应把你的灵魂出卖给魔鬼，你同魔鬼如何达成协议的？

亨利王子 约翰爵士一诺千金，魔鬼一定会买个好价钱，因为他从来不违背古谚的训诫：该是魔鬼还得给他。

波因斯 同魔鬼讲守约履诺，你会下地狱。

亨利王子 如果他欺骗魔鬼，他早就下地狱了。

波因斯 伙计们，听着，伙计们，明晨一早四点钟，在盖兹山有

---

1 杰克是福斯塔夫之名约翰的昵称。
2 盖兹希尔（Gadshill）之人名依肯特郡的一地名盖兹山（Gad's Hill）而取，该地是有名的拦路抢劫多发地。
3 耶稣受难日（Good Friday）是复活节前的星期五，这天应严格斋戒。
4 马德拉酒（Madeira）是一种烈性白葡萄酒。

一群香客带着大量的供品前往坎特伯雷，还有一些商人骑马去伦敦，也是囊中丰肥。我为你们准备好了面具，马匹各人自备。盖兹希尔今晚在罗切斯特过夜。明天的晚饭我已在依斯特溪泊[1]给大家预订好了。这笔生意像睡觉一样十拿九稳。如果你们要去，我保证你们的口袋塞满金币而归；如果不去，就待在家里吊死吧。

福斯塔夫　　听着，爱德华，如果我待在家里不去的话，我将告官，把你弄去吊死。

波因斯　　　你要去吗，肥佬？

福斯塔夫　　哈尔，你去吗？

亨利王子　　谁？我，去抢劫？我，当小偷？我不。

福斯塔夫　　如果你连十先令的胆量也没有，那你这人既无诚信，又无男子汉气概，还不讲交情，枉为皇家子弟。

亨利王子　　那么，一生一世我就荒唐这一次吧。

福斯塔夫　　对啦，这才叫话。

亨利王子　　算了，无论如何我还是待在家里。

福斯塔夫　　等你当了国王，我也要当叛徒。

亨利王子　　我不在乎。

波因斯　　　约翰爵士，请你让我同亲王单独谈谈，我要向他陈述此次冒险的充分理由以说服他参与。

福斯塔夫　　那好，但愿你的嘴循循善诱，他的耳言听计从，你的话叫他心动，令他信服，如此这般，一位当朝的真王子为寻开心可暂做一个假贼；因为当今的作奸犯科之事都需冠冕堂皇的荫庇。再见吧，到时候你们到依斯特溪泊酒

1　依斯特溪泊（Eastcheap）：伦敦一街，起于加兰（Cannon）街与格雷思丘奇（Gracechurch）街交汇处，延伸至高塔（Great Tower）街。

店来找我。

亨利王子	再见，暮春先生！再见，残夏之人！[1] 　　福斯塔夫下
波因斯	听我说，我的亲爱的亲密的好殿下，明天同我们一起去吧。我要开一个大玩笑，但我孤掌难鸣。福斯塔夫、皮多、巴道夫和盖兹希尔要去拦劫那群客商，我们已经设好了埋伏；而你和我不跟他们一块，等他们把赃物抢到手，我俩再从他们手中抢过来，假如办不到，我输我肩头上这颗脑袋给你。
亨利王子	可是如果同他们一起动身，我们如何同他们分手呢？
波因斯	嗨，我们先同他们约定一个会合的地点，然后比他们早些或晚些动身，到时候我们故意不去同他们见面，他们自己就会去抢，而他们一得手，我们立即抢他们。
亨利王子	但是他们可能从我们骑的马、穿的衣和其他行头上认出我们。
波因斯	得啦，我们的马匹不会让他们看见：我要把马拴在树林里。至于我们的面具，同他们一分手我就把它们换了。老兄，我还准备了两套粗布衣服，到时候往身上一套，就什么都遮盖了。
亨利王子	可是我担心我俩不是他们的对手。
波因斯	嘿，他们中有两个，就我所知，是天生的懦夫，逃命跑得最快。另一个更明白恋战于他不利的道理，假如他会拼命来斗，我愿从此解甲挂刀剑。这场玩笑的精彩之处在于，我们晚饭聚在一起时，这个无赖的胖子会给大家撒弥天大谎：吹他如何同至少三十个人交手，如何攻防，

---

1 此句中"暮春"、"残夏"寓意福斯塔夫的莽撞行为更像年轻人的冲动之举，同他的年龄不相符。

如何奋勇当先，如何身陷险境而孤身坚持。然后，我们一一揭穿他的谎言，狠狠羞辱他一顿，教训他一番，这个玩笑就大功告成了。

亨利王子　好吧，我与你们前往。把一切都准备妥当，明天晚上到依斯特溪泊酒店来见我，我在此晚餐。再见。

波因斯　再见，殿下。　　　　　　　　　　　　　　波因斯下

亨利王子　我深知众卿所作所为，

暂与你们的懒散德性

相呼相应，放浪无行。

为此我要效仿太阳，

让恶云暂蔽其威光，

一旦云至破雾障散，

他重现真身，因为久仰，

世人倍加礼赞他的辉煌。

倘若天天皆佳节喜庆，

游乐就会乏味如劳作；

为其稀有，众人渴求；

事物罕见，兴味盎然；

一旦我收敛放荡行状，

还清我从未承诺要还的欠账，

我之所为必远胜我之所言，

一举破除世人于我的成见。

如金银衬于暗底而耀眼，

我一旦幡然改进，

则愈显今之上进，

更赢天下人之羡钦；

此道助我，相反相成：

犯过实为日后补过矫正，
在人们最难料时弃旧图新。 下

第三场 ／ 第三景

王宫内

国王、诺森伯兰、伍斯特、霍茨波、华特·勃伦特爵士及余众上

亨利四世　　我天性过于淡然平和，
　　　　　　值面不敬常以缄默，
　　　　　　你们见我如此德性，
　　　　　　竟至作践我的耐心。
　　　　　　但今后我决意复归帝主威仪：
　　　　　　君临天下，霸气咄咄；
　　　　　　我生性柔如油软如绒，
　　　　　　我已丧失君王之尊誉，
　　　　　　因为傲气只尊重傲气。

伍斯特　　陛下，敝府受圣上威严之斥，
　　　　　　诚惶诚恐，实有冤屈。
　　　　　　陛下今日威加四海，
　　　　　　当初微臣也聊尽薄力。

诺森伯兰　（对国王）陛下——

亨利四世　伍斯特，你且退下，
　　　　　　我在你眼里看见不忠与奸诈。

呵，你在我面前太放肆骄慢，
君王之尊不可容忍
横眉冷眼的臣下。
我恩准你此刻离宫，
我需要你效劳时，自会召你。——　　　　　　　伍斯特下
（对诺森伯兰）你刚才正有话说。

诺森伯兰　启禀英明陛下：
哈利·潘西并未违抗圣命，
拒交他在霍美敦所擒战俘，
此情确凿如此，
亦如他本人所言，
有人出于妒忌或恶意
欺罔君听，陷害吾子。

霍茨波　（对国王）陛下，我确未拒交战俘。
记得恶战后我焦渴疲惫，
喘息未定，正倚剑稍息，
忽然一位大臣降临，
衣冠雍容华贵，
如新郎般光彩照人，
下巴修刮得如此干净，
如收割后的无茬田野。
他一身香水味道袭人，
像卖化妆品的商人，
指间夹一个鼻烟盒，时不时
凑近鼻尖闻一闻，一旦拿走，
鼻子就不高兴，又凑近鼻子闻。
他又说又笑，当士兵抬死尸走过，

他骂他们是不礼貌无教养的小人，
公然将狰狞污秽的尸体
搅扰他鼻端的尊贵与清净。
他问这问那，装腔作势，
故弄风雅，言辞拘迂，
以陛下之名令我交出战俘。
当时我战创在身，剧痛难忍，
不堪这饶舌的花花公子，
我伤痛之上加忍气，
不假思索回答几句，
记不清自己如何言语。
看他华服翩翩，满身香气，
分明像大户人家的侍女，
却奢谈刀枪战鼓流血创伤——
上帝恕我此言！——告诉我
治内伤鲸脑是妙方，又说
真可怜：邪恶的硝石
从慈善的地心掘出，
用以毁灭好男儿无数，
这真是怯懦的杀人之术，
只为这枪炮的可憎可恶，
他才没有从军行伍。
陛下，此人的滔滔废话
我只心不在焉地应答，
恳请陛下明察，
勿令他的无端谗言
损我对圣上忠心一片。

勃伦特	（对国王）英明的陛下，情势使然，
	彼时彼地面对彼人，
	无论哈利·潘西何所言，
	经他此番一一解释，
	收回当时所言，
	理当予以谅解，
	不应再加追究责难。
亨利四世	怎么，他的确拒交战俘，
	除非我答应他的条件：
	由国库出资立即赎回
	其妻兄、那蠢才摩提默；
	以我的灵魂为誓，此人
	竟肆意出卖了他手下的兵丁，
	他本应率领部下与
	该死的妖将葛兰道厄
	血战沙场；如有所闻，
	葛氏之女同摩提默已婚。[1]
	难道要倾库币为叛徒赎身？
	难道姑息国奸，将失节者
	养成心腹之大患？
	不，让他饿毙荒山吧，
	谁要我花一便士赎回叛贼摩提默，
	谁将绝难与我为友。
霍茨波	叛贼摩提默？

---

1 摩提默即马奇伯爵。莎士比亚将两个同名同姓的埃德蒙·摩提默混淆了：其中之一确为马奇
伯爵，但娶葛兰道厄之女为妻的那个摩提默却是他的同名叔叔。

他从无贰心，陛下，
此战失利，事出偶然，
他遍体创伤示其忠贞：
在温柔的塞文河[1]之滨，
芦苇丛生，他只身奋勇，
力战悍将葛氏近一小时，
其间双方同意暂歇三次，
三次渴饮滔滔的河水，
河水照见他俩血污的脸，
惊吓得向瑟瑟芦苇丛窜，
波浪翻滚躲进空凹的堤岸，
堤岸已被勇士的血溅染。
玩弄卑劣权术的小人，
绝不会以重创掩其劣迹；
以摩提默之高风亮节，
绝不可能甘受累累创伤
以包藏其异贰之心。
切勿以叛逆之罪，
中伤他清白之名。

亨利四世　你完全在替他掩饰，潘西：
他从未与葛兰道厄交战。
听着：他敢独见魔鬼
而不敢与葛氏为敌。你不愧颜吗？
小子，从此勿当我面提他。
尽快交与我你的战俘，

---

1 塞文河（the River Severn）：英国主要河流，在英格兰和威尔士南部之间。

否则你将自讨没趣。——
诺森伯兰伯爵，
我授权你与儿子同去。——
（对霍茨波）从速上交战俘，
不然你将听到恶语。　　　　亨利国王、勃伦特及扈从下
霍茨波　　即使魔鬼出来号叫索要，
我也决不交出战俘。
我立即追上他，告以明言，
泄我之愤，纵有杀头之险。
诺森伯兰　　什么？气昏头啦？少安毋躁。
你的叔父来了。

伍斯特上

霍茨波　　勿提摩提默？偏要提。
还要同他联手协力，
否则我不得好死。
为他洒尽热血，
滴滴染红沙尘。
我决意举升倒霉的摩提默，
同这绝义的国王一样尊贵，
与奸邪的波林勃洛克比肩。[1]
诺森伯兰　　贤弟，国王气得你的侄子发疯。
伍斯特　　我离开之后，这怒火怎么引燃的？
霍茨波　　他一意要我交出全部战俘。
而我再次求他为妻兄赎身，

1　波林勃洛克（Bullingbrook）是亨利四世称王之前的名字，取自他出生的一个城堡的名字，此处霍茨波提及其原名表示他拒绝承认亨利的王室地位。

他就横眉怒眼相看，

一听到摩提默的名字，

他就怒火中烧，浑身发抖。

伍斯特 这难怪他，摩提默不是被已故的理查

亲口宣布为最近的血亲吗？[1]

诺森伯兰 是这样宣布的，我亲耳所闻。

当时这位命桀的国王——

上帝恕我等害他之罪！[2]——

正在出征爱尔兰的路上，

被拦截而回，既遭废黜，

继而被谋害身死。

伍斯特 因他之死，我们一直遭众口唾骂，

千夫所指，几无宁日。

霍茨波 且慢，我有一问：

理查王其时宣布过我的妻兄

摩提默为王位继承人吗？

诺森伯兰 他确实宣布过，我在场，我听见了。

霍茨波 难怪其叔父愿他饿毙以解恨，

你们却加王冠于健忘者之顶，

背负教唆弑君的恶名，充当工具、

帮凶、绞索绞架，甚至刽子手，

而永遭世人的诅咒——

如此结果，你们领受？

---

1 即摩提默被理查视为王位继承人，此处，两个摩提默又混淆了。事实上，是年轻的那个摩提
   默被宣布为王位继承人，而非他的叔父（即葛兰道厄之女的丈夫）。
2 潘西家族曾支持亨利反理查。

啊，恕我冒昧而屈尊自贱，
启齿以奉告实言：
奸王手下之臣，
二位角色不堪，
处境危若累卵。
难道要蒙羞当今，
且遗臭后世，
以你们的德高望重——
但愿上帝宽恕你们！——
却涉染不义之耻行，
折了理查这芬芳玫瑰，
却扶植荆棘的野蔷薇，
助波林勃洛克窃位？
你们为他而屈辱负身，
而今被他愚弄和摈弃，
耻上加耻任世人訾论？
不。你们还来得及
恢复暂失的名誉，
重获世人的嘉许，
雪耻以洗辱，
伸屈而报复；
这傲慢的国王日夜谋划
以你们的鲜血报答你们。
所以，我要说的是——

伍斯特　　贤侄且静，无再多言。
我要开启一册秘卷，
对你一触即发的怨怼，

	宣读一些险峻的内容，
	其惊心动魄之处，
	岌岌乎如踩枪尖
	以横越滔滔激流。
霍茨波	倘若失足，他就完蛋，
	沉则亡，浮则生。
	危险东归西，荣耀南北走，
	两相交，追兔不如逐狮，
	方显我血性男儿本色！
诺森伯兰	（对伍斯特）他雄心勃勃有余，
	而耐心韧性不足。
霍茨波	上天为鉴，这易若反掌：
	跃上容颜苍白的月亮，
	取来荣誉之皎洁之光，
	或跃入深不可测的海底，
	抓住沉没荣誉的几绺头发，
	拯救而光复之：于我不难。
	拯救荣誉者可独享其成，
	但这种虚伪的友谊可免！
伍斯特	（对诺森伯兰）他此刻满脑子天花乱坠，
	恰恰没有他应该关注的。——
	贤侄，且听我一言吧。
霍茨波	承蒙海谅。
伍斯特	那些在你手中做俘虏的
	高贵的苏格兰人——
霍茨波	我要把战俘全留，一个也不给他。
	休想，即使苏格兰人能拯救

他的灵魂，他也休想得到。

凭天起誓，我志在必得。

伍斯特　　　你只顾自说自话，

不听我言，我是说：

那些俘虏你可以留下。

霍茨波　　　而且我坚决留，决然无疑。

他说他决不赎回摩提默，

禁止我提起摩提默，

可是在他睡觉时我要

在他耳边高喊"摩提默！"

我还要教会一只鸟

什么都不说只说"摩提默"，

把鸟送给他，天天都气他。

伍斯特　　　贤侄，听我说一句。

霍茨波　　　我在此郑重放弃一切学问，

专事研究如何惹怒和折磨

波林勃洛克和废物威尔士亲王，

若非我觉得其父无爱于他，

乐于见到他身遭某种不测，

我早就一壶毒酒灌死了他。

伍斯特　　　告辞了，侄儿。待你气消之后，

有聆听之兴，我们再谈吧。

诺森伯兰　　（对霍茨波）哎，你这嘴急舌躁无耐性的傻瓜，

怎么唠叨得像妇道人家，

耳朵只听自己说，不听别人说些啥。

霍茨波　　　咳，听人提起阴谋家波林勃洛克，

我浑身如遭鞭挞，如被蚁啮。

　　　　　　　在理查王时期——在一个你们
　　　　　　　叫什么的地方？——该死！
　　　　　　　反正在格洛斯特郡，他的叔父，
　　　　　　　那粗鲁的约克公爵居住此地，
　　　　　　　我第一次向这个笑容可掬的国王，
　　　　　　　这个波林勃洛克，屈下我的双膝，
　　　　　　　其时你们同他刚由雷文斯珀[1]而回。

诺森伯兰　　那个地方叫伯克利城堡。

霍茨波　　　嘿，你说得对。
　　　　　　　这摇尾讨好的猎犬，
　　　　　　　对我殷勤万般："等我继承王位"，
　　　　　　　"好哈利·潘西"，"贤弟"。——
　　　　　　　啊，魔鬼抓去这些骗子！——
　　　　　　　（对伍斯特）上帝恕我此言。
　　　　　　　叔父，你说吧，我的话完了。

伍斯特　　　不，你言犹未尽，
　　　　　　　再说吧，我等无妨。

霍茨波　　　我已说完，真的。

伍斯特　　　还是来谈你的苏格兰俘虏。
　　　　　　　立即予以释放，
　　　　　　　不要分文赎金，
　　　　　　　仅留下道格拉斯之子
　　　　　　　以要求在苏格兰募兵，
　　　　　　　我肯定他们会依允，
　　　　　　　个中原委我将函告详情。——

1　雷文斯珀（Ravenspurgh）：即约克郡沿海的斯珀恩角（Spurn Head）。

（对诺森伯兰）你的儿子在苏格兰谋此事时，

伯爵你就悄然而动，

博得可敬的大主教的信赖。

霍茨波 是约克大主教吗？

伍斯特 正是此人，心怀大恨，

因其兄斯克鲁普爵士，

在布里斯托尔丧命。[1]

这并非我的悬猜，

据我所知，他谋图已久，

精心策划周全，

只待时机而动。

霍茨波 我已嗅出点味道了：

以生命起誓，此计必成大事。

诺森伯兰 猎物尚未出现，你总慌忙放出猎犬。

霍茨波 嘿，这定是高妙之谋略。

苏格兰和约克的军队

要同摩提默联手起事，是吗？

伍斯特 正是如此。

霍茨波 真是高招啊。

伍斯特 此事急迫不可拖怠，

为免我等人头落地，

我们理当举兵拼命。

因为无论我们如何谨小慎微，

国王总认为他欠我们的情，

---

1 威廉·斯克鲁普爵士（William Scroop），即威尔特郡伯爵（Earl of Wiltshire），1399 年被波林勃洛克处死；事实上他是约克大主教的堂兄。

我们居功傲主，心怀不轨，
迟早他会收拾我们，
眼下他已经示我们以冷颜。
霍茨波 他的确如此，此仇必报。
伍斯特 贤侄，暂别。切勿妄动，
一切依我函中指示而行。
时机一旦成熟，我将密往
葛兰道厄和摩提默处，
你和道格拉斯及军队，
如我所部署，将于此会合，
苍天助我以铁腕自掌命运，
一举扭转前途不测的窘境。
诺森伯兰 再见吧，兄弟，我深信我们必胜。
霍茨波 叔父，告辞了。啊，愿时光飞逝，
早赴沙场杀敌，军威天下扬！　　　　　　众人下

第二幕

第一场 / 第四景

伦敦与坎特伯雷之间路旁一旅店内

一挑夫持灯上

挑夫甲　啊呀呀！没有四点钟，我死都不信。看，北斗星已经高挂在新烟囱上方了，我们的马还没套。怎么啦，马夫！

马夫　（幕内）来啦，来啦。

挑夫甲　汤姆，请你拍拍卡特[1]的马鞍，塞几把羊毛进去。这可怜的老马把肩胛都磨破了。

另一挑夫上

挑夫乙　这些喂马的豆子受潮啦，全霉啦烂啦，这些给马吃了，肚子肯定闹病啦。自从马夫罗宾死后，这家旅店就搞得翻天覆地的，全乱套啦。

挑夫甲　可怜人啊，自从燕麦涨了价，他就一天都没高兴过，给活活急死的。

挑夫乙　我看在这条伦敦大道上，这家店里的跳蚤咬人最狠，我被咬得像一条花斑鱼[2]，全身青一块紫一块的。

挑夫甲　像一条花斑鱼？从鸡叫第一遍起，我就被咬，基督世界里从没有人被咬得比我更惨。

挑夫乙　咳，也不给我们一个便壶，就只好往壁炉里撒尿，生出

1　卡特（Cut）是马的名字。
2　花斑鱼（tench）：一种淡水鱼，据说全身有斑纹如跳蚤所咬的痕印。

	的跳蚤同泥鳅一样大哩。
挑夫甲	喂，马夫！赶快，真该死！赶快！
挑夫乙	我要送一只火腿，还有两块生姜，到查林克洛斯村[1]那么远的地方去哩。
挑夫甲	我篮子里的几只火鸡也饿得不行了。怎么啦，马夫？天杀的！你头上没有长眼睛吗？聋啦？打破你的脑袋同喝酒一样好玩，要不我就是个混蛋。快来啊，该死的！你还有没有一点诚信？

盖兹希尔上

盖兹希尔	早安，伙计们。几点啦？
挑夫甲	我看两点了吧。[2]
盖兹希尔	把你的灯借给我，我要到马棚里看看我那匹马。
挑夫甲	不，且慢；我懂的把戏一个抵你的两个。
盖兹希尔	（对挑夫乙）求你啦，把你的借给我吧。
挑夫乙	哎，什么时候啦？你知道吗？你刚才说，把你的灯借给我吗？[3]妈的，我看你先去上吊吧。
盖兹希尔	挑夫老兄，你们打算什么时候到伦敦？
挑夫乙	到伦敦差不多是点灯睡觉的时间了，我敢肯定。——快，马格斯兄弟，赶快把客人都叫起来。他们要同我们一起上路啦，他们带的财物可多咧。　　　二挑夫下

大伙计上

盖兹希尔	嘿，嗬，是大伙计吗？

1　查林克洛斯（Charing Cross）：位于伦敦和威斯敏斯特之间的一个村庄，集市所在地。

2　也许是一个错误，因为挑夫甲刚才说已经四点钟了，也许是故意说谎以误导盖兹希尔，因为他已经引起挑夫的怀疑。

3　此处挑夫乙在重复盖兹希尔刚才的话以取笑他。

大伙计	扒手说得好：万事俱备。
盖兹希尔	你这等于是说——大伙计说得好：万事俱备。你同扒手仅有的区别是，你动口不动手，叫别人动手，你专门出谋划策，坐地分赃。
大伙计	早安，盖兹希尔少爷。昨夜我给你说的事情还是那样：有一个肯特郡乡下小地主，身上带了三百马克[1]的黄金。昨天晚饭时候，我听他这样对一个同行人说的，这人像个财务官什么的，带的东西多，不知道是些啥。他们一起床就叫着要鸡蛋黄油，吃完就要上路。
盖兹希尔	他们就要撞上圣尼古拉斯[2]的门徒，否则我赌脖子。
大伙计	你那脖子我不要，留下给刽子手吧，因为我知道你也像一个坏蛋那样诚心诚意崇拜圣尼古拉斯。
盖兹希尔	你对我讲刽子手干啥？如果我要被绞死，绞架可要结实管用的，因为吊我的话，老约翰爵士肯定陪吊，你晓得，他可不是挨饿的瘦鬼。哈，其他几个好汉，做梦你也没见过，他们纯粹为了好玩，一出手就会给我们这个行道增光添彩；如果事情闹大了，真要查起来，为了自己的名声，他们会设法把事情摆平。同我混的可没有毛毛小贼，没有偷鸡摸狗之徒，没有红脸大胡子醉鬼；我交往的都是达官显贵、名流士绅，他们威而不露，先打人再说话，话说完再喝酒，喝了酒再祷告。不过这些我是说来好玩的，其实他们一直在为神圣的国家祈祷；或者，与其说他们"祈祷"，不如说他们"骑到"国家身上，作威作福，把国家踩在脚下，把国家当成他们的靴子，任意

1　马克（mark）：账目结算单位，一马克等于三分之二英镑。
2　圣尼古拉斯（Saint Nicholas）：被奉为盗贼的保护神。

作践[1]。

大伙计　　　嗬，国家成了他们的靴子？在泥泞的路上这靴子不漏水吧？

盖兹希尔　　不漏的，不漏的；法律给这靴子抹了防漏的油了。像在城堡里一样，安全得很，万无一失。我们已经得到羊齿草籽的秘方，能来无影去无踪。[2]

大伙计　　　不，我看你要隐身还是指望趁夜出行，而不是靠羊齿草籽吧。

盖兹希尔　　说定了，握手成交。事成之后，有你一份，我是老实人说老实话。

大伙计　　　不，宁可你是贼人说贼话，让我占一份。

盖兹希尔　　不说啦。天下的人都有一个共同的名字："人"。叫马夫把我的马牵来。再见，你这糊涂虫。　　　　　　　　同下

第二场　　　/　　　第五景

盖兹山附近一条大路上

王子、波因斯、皮多与巴道夫上

波因斯　　　快，躲起来，躲起来。我把福斯塔夫的马拉走了，他气得不可开交，像一块天鹅绒粘了胶。

1　靴子（boots）同 booty 近音，影射"掠夺品，战利品"之义。下句中大伙计的回答中，靴子还有"阴道"的双关义。
2　据传，羊齿草籽可令人隐身。

亨利王子	藏到旁边去。（波因斯、皮多与巴道夫退至一旁）

福斯塔夫上

福斯塔夫	波因斯！波因斯，该死的波因斯！波因斯！
亨利王子	安静点，你这肥佬。大呼小叫，吵什么呀！
福斯塔夫	嘿，波因斯呢，哈尔？
亨利王子	他到山顶上去了，我去找他吧。（同其余诸人立退至一旁）
福斯塔夫	我真晦气，竟同这个贼一起出来抢人。这混蛋拉走了我的马，不知拴在什么地方。如果我再向前走四英尺，我就会喘不过气来。嗨，我毫不怀疑，只要我不为杀死这可恶东西而被绞死的话，我这辈子可望善终的。这二十二年来，我无时不在赌咒发愿要和这厮一刀两断，然而我像中了邪，总离不开这恶棍。我死都不信这家伙没给我吃了什么迷魂药，使我迷上了他；肯定是这么回事：我已经吃了迷魂药了。波因斯，哈尔，你们俩遭瘟啦！巴道夫！皮多！我宁可饿死在这里也不愿再多走一英尺路去当强盗。改邪归正，同这些歹徒分手，如同喝酒，是良善之举，如果我做不到，我便是恶棍中的恶棍、人伦中的贱种。这八码坎坷的路，我走起来相当于七十英里长途跋涉啊，这几个铁石心肠的坏蛋明明知道的。如果强盗之间都不讲义气，不以友情为重，那么强盗就该死绝！ （他们吹口哨） 你们全都不得好死！把我的马还我，你们这些坏蛋。还我的马，该死的！（王子、波因斯、皮多与巴道夫上前）
亨利王子	安静，你这胖子！快躺下，把耳朵贴在地面，听有没有旅客的脚步声。
福斯塔夫	我躺下去后，你有什么杠子把我再抬起来？就是你把你

	父亲国库里的钱全部给我，我也不扛着我这一身肉走这么远了。你这不是欺人太甚吗？
亨利王子	你说得不实。不是你被欺，而是你无马可骑。[1]
福斯塔夫	求你，哈尔好王子，帮我把马牵出来，国王的乖儿啊。
亨利王子	呸，你这混账！要我当你的马夫吗？
福斯塔夫	吊死在你自己的袜带[2]上吧！我遭抓，我要供出一切，把这些事情编成歌谣，用淫腔秽调唱出来，传遍天下。要是我办不到，让一杯萨克酒毒死我。我恨玩笑开得太过火，害得我两脚走路！

盖兹希尔上

盖兹希尔	站住。
福斯塔夫	我照办，尽管我不情愿。
波因斯	啊，这是我们的线人。我听得出他的声音。
巴道夫	有什么消息？
盖兹希尔	戴上，戴上，你们通通把面具戴上。国王的钱要从山下过，往国王金库送。
福斯塔夫	不对，你这混蛋，是送到国王酒店去。
盖兹希尔	这笔钱够我们发大财了。
福斯塔夫	也够上绞刑架了。
亨利王子	你们四人到狭路上去正面拦阻他们。奈德和我到前面去。如果你们没有堵住他们，他们就会落到我们手中。
皮多	他们有几个人？

---

1 不是你被欺……无马可骑（Thou art not colted, thou art uncolted）：colted 意为被"欺骗"，而 uncolted 意为"没骑马"，王子以此打趣福斯塔夫。

2 "袜带"的原文 garter 一语双关，既指"吊袜带"，又指"嘉德勋位"（Garter）——英国的最高勋位。亨利王子是王位的当然继承人，自然拥有嘉德勋位。

盖兹希尔	大概八到十个。
福斯塔夫	他们会不会把我们给抢了？
亨利王子	怎么，胆怯啦，大肚约翰爵士？
福斯塔夫	我的确不是你的祖父冈特的约翰[1]，但不是懦夫，哈尔。
亨利王子	这还有待证明哩。
波因斯	杰克老兄，你的马就在篱笆后面。你需要的时候，就到那里去找。再见，不要退缩。
福斯塔夫	这么一来，如果我被处以绞刑，我就揍不到他了。
亨利王子	（对波因斯）奈德，我们的伪装在哪里？
波因斯	（对亨利王子）就在附近。站过来。　亨利王子与波因斯下
福斯塔夫	我说，弟兄伙，愿大家好运当头，人人奋勇卖力啊。
众旅客上	
旅客甲	喂，兄弟，叫那个男孩把我们的马牵下山。我们步行一会儿，松松腿脚。
众劫贼	站住！
众旅客	耶稣保佑！
福斯塔夫	打啊，打翻他们！杀死这些歹人！啊，婊子养的寄生虫，养尊处优的坏东西！他们恨我们年轻人，打翻他们，抢光他们！
众旅客	天啊，我们完了，从此人财两空了！
福斯塔夫	绞死这些大肚子坏蛋，你们完事啦？还没有，肥守财奴。你们的全部身家都带来就好啦！都交出来。怎么，混蛋？年轻人得活命吧。你们有钱，能当陪审员，是吗？今天我们要审你们啦，真的。

1　王子祖父之名 Gaunt 实为地名 Ghent 的一个变体，此处福斯塔夫影射 gaunt 的"瘦削"之义，以反讥王子称他为"大肚约翰"。

众贼抢得旅客钱财，并将其绑缚，下

王子与波因斯上

亨利王子 　强盗将良民给绑了。如果你和我能够把强盗抢了，一路
　　　　　快快活活回到伦敦，那此事将成为一个礼拜的谈资，一
　　　　　个月的笑柄，流传久远的大笑话。

波因斯 　站到旁边去。我听见他们来了。

众贼重上

福斯塔夫 　来来来，各位老大，我们把劫财分了吧，然后趁天还没亮，
　　　　　各人上马，打道回府。亲王和波因斯绝对是两个懦夫，否
　　　　　则世上无公道可言了。一只野鸭也比波因斯有胆量。[1]

亨利王子 　留下钱财！

波因斯 　混蛋！

众贼正分赃，亲王与波因斯突袭而上，众贼弃赃而逃

亨利王子 　真是易如反掌之事。
　　　　　现在快快活活骑马回府吧。
　　　　　这些盗贼作鸟兽散，惊恐中，
　　　　　互见以为遇官差。走吧，奈德。
　　　　　福斯塔夫正走得汗尽欲亡，
　　　　　洒灌着这片贫瘠土地哩。
　　　　　若非这场玩笑，我倒可怜他。

波因斯 　这家伙嚎得真惨！　　　　　　　　　　　　　　　　同下

1　野鸭胆小，动辄惊飞。

第三场 / 第六景

霍茨波府邸[1]

霍茨波独上，正读信

霍茨波　　　"倘非我身不由己，出于对贵府常怀之敦爱，我会欣然从
命往之。"既然能欣然从命，为何又不从命？他说他对我
家常怀敦爱，而他所表现的敦爱，则是他爱他自家的谷
仓远远胜过爱我的宅邸。我再往下看吧。"你所谋之事，
危险四伏"——哈，肯定如此：害感冒、睡觉、喝酒，
诸如此类，事事都危险，处处藏不测。不过我告诉你吧，
傻老爷，我就是要从危险的荆棘丛中采摘安全之花。"你
所谋之事，危险四伏，你所提及的诸友人皆难倚重，不
可与谋，而时机亦不适宜。综而观之，谋虑过于草草，
机事不密，难以抗衡如此强敌劲旅。"这就是你说的，这
就是你说的？我再对你说一次：你是个头脑浅薄、懦弱
无能的乡下佬，满嘴谎言。好一个白痴！我敢说，我们
的计策是良谋中的良谋；我们的朋友，忠诚可靠，肝胆
相照；谋略好，朋友好，前程远大，未可限量。这真是
妙计加挚友。这个冷若冰霜的家伙究竟想干什么？嗬，
约克大主教也首肯这一谋划和行动方案。假如我此刻在
这个混蛋身边的话，我会举起我这只手，拿起他太太的
扇子敲打敲打他的脑袋。我的父亲、我的叔父、我自己，
还有埃德蒙·摩提默伯爵、约克大主教、奥温·葛兰

2　据历史记载，为诺森伯兰的沃克沃思城堡（Warkworth Castle in Northumberland）。

道厄，不是都站在一起，协力同心吗？此外还有道格拉斯。他们不是已经致信与我相约，下月九日率军与我会合吗？有些军队不是已经踏上征程挥戈赴阵了吗？他简直是个异教徒！邪教徒！哈，你将看到他诚惶诚恐，内心冷酷，要到国王面前去告发我们，和盘托出我们的军机大事。啊，但愿我能身分为二，痛打自己一顿，以自惩我把这样一个胆小怕死的废物劝来参与如此崇高的行动！该死的东西。让他去密告国王我们一切业已就绪吧。我意已决，今夜出师。

潘西夫人上

怎么样，凯特？两小时之内，我必须同你告别。

潘西夫人　啊，老爷，你为何如此孤僻？
我犯了什么过失而成弃妇，
半月无缘我的哈利的枕席？
告诉我，爱主，什么令你
失去食欲、欢愉和安寝？
为何你双目俯视地下，
只身独坐为何常惊起？
你的脸颊为何褪去红润，
本该予我温情，你为何与
幽暗之思、寡欢之忧结缘？
我微睡你旁，难合双眼，
耳闻你梦呓铁血之战，
对你奔驰的战骑呼喊：
"鼓足勇气！冲向战场！"
你喋喋不休，话不离厮杀：
进攻、撤退、战壕、营帐，

　　　　　　　工事、防线、胸墙、火炮，
　　　　　　　战俘的赎金和被戮的士兵。
　　　　　　　你的内心深深沉溺于战争，
　　　　　　　你的梦乡难得一夜安宁，
　　　　　　　热汗滴滴，沾满额头，
　　　　　　　如激流泛起泡沫淋漓；
　　　　　　　你脸上的表情异常奇异，
　　　　　　　如危殆之骤临，令人气短，
　　　　　　　啊，这究竟是何征兆？
　　　　　　　必有大事压我主之身，
　　　　　　　我必须知晓个中情由，
　　　　　　　否则他对我的爱为虚。

霍茨波　　　喂，来人！

一仆人上

　　　　　　　吉廉斯[1]送信札去了吗？
仆人　　　　老爷，他一小时前就去了。
霍茨波　　　勃特勒[2]把那些马从郡长那里牵回来了吗？
仆人　　　　他刚才牵回来一匹马，老爷。
霍茨波　　　哪一匹马？杂色的短耳马，是不是？
仆人　　　　正是，老爷。
霍茨波　　　那匹杂色马将是我的御座。
　　　　　　　嗨，我要立即上马。"希望"[3]啊！

1　吉廉斯（Gilliams）：一仆人的名字。
2　勃特勒（Butler）：另一仆人的名字。
3　"希望"的原文 *esperance* 为法语。潘西家族的座右铭为"力量与慰藉存在于希望之中"
　（*Esperance ma comforte*）。

令勃特勒将马带进院子。　　　　　　　　　　　仆人下

潘西夫人	你听我说，老爷。
霍茨波	你要说什么，夫人？
潘西夫人	什么使你如此兴奋忘情？
霍茨波	怎么，我的马，夫人，我的马。
潘西夫人	呸，你这疯头疯脑的猴子！
	一只鼬鼠也不比你冲动。
	我真的要知道你的勾当，
	哈利，我一定要知晓。
	我担心吾兄摩提默兴兵
	争夺王位，邀你相助，
	以逞其事。但如果你去——
霍茨波	走那么远去，我将疲惫不堪，爱妻。
潘西夫人	啧啧，你这弄舌的鹦鹉，
	直截了当回答我的问题，
	哈利，如不据实以告，
	我要扭断你的小手指。
霍茨波	去吧，
	去吧，你太无聊！爱？
	我不爱你，无情于你，
	凯特。这个世界不容儿女情。
	我们必须斗得头破血流，
	且视之为当然。——天哪，我的马！
	你说什么，凯特？你要我怎么样？
潘西夫人	你不爱我吗？不爱，真的吗？
	哎，不爱也罢，
	既无你爱，我难自爱。

	你不爱我吗？真话？玩笑？
霍茨波	喂，你看我骑马吗？
	一上马背，我就发誓爱你
	永无穷期。可是听着，凯特，
	从此不得问我的去向和原委。
	我必去我必去之地。总而言之，
	今夜我须离开你，温柔的凯特，
	我知你聪明，但为哈利·潘西
	之妻，不能让聪明误。你忠贞，
	但毕竟一妇人：为保密，
	无女人比你更守口如瓶，
	因我坚信你绝不会泄露
	你不知之事。我对你的信任
	以此为度，温柔的凯特。
潘西夫人	怎么？以此为度？
霍茨波	再多一分也不行。可是听着，
	凯特：我去之处你也去。
	今天我去，明天你来。
	如此你满意吗，凯特？
潘西夫人	既必须如此，也只好如此。 同下

第四场 / 第七景

伦敦依斯特溪泊一酒店

亲王与波因斯上

亨利王子 　奈德，请你从那间闷人的房间里出来吧，陪我笑一笑。

波因斯 　你去哪里啦，哈尔？

亨利王子 　我同三四个蠢货待在七八十只大酒桶中间。我把最卑微的调子演奏到极致，可谓尽善尽美，无懈可击。我同三个酒店伙计认了把兄弟，亲热得直呼其名，不分彼此，什么汤姆啦，狄克啦，弗朗西斯啦。他们已经将我引为知己，视为同道，觉得我虽然不过是威尔士亲王，却是君子国的国王，直截了当地说我不像福斯塔夫那样的家伙装腔作势，而是一个大好人，一个有胆识的小青年，一个好孩子，有一天我做了英国国王，将统领依斯特溪泊的所有好男儿。他们称狂饮为红红脸；你不一口气喝完酒，他们就嚷一声"哼"，要你喝个杯底朝天，滴酒不剩。一句话，一刻钟之内，我就同他们混得如鱼得水，称兄道弟，今后同随便哪个补锅匠[1]之流，我都能用他的语言同他喝酒聊天，打成一片。我跟你说，奈德兄弟，刚才你不同我一起玩，失去一个交朋友、挣面子的机会哩。不过，亲爱的奈德——为了把你这个名字弄得更甜蜜，我给你一小块糖，一个酒店小厮刚塞到我手里的，他一天到晚说的话就这么几句，"八先令六便士"、"为你

1　补锅匠以善饮出名。

效劳”，再尖声尖气地加一句“马上，马上，先生！——
‘半月’包间一品脱西班牙甜酒记账咯”，诸如此类。但
是，奈德，在福斯塔夫还没来之前，为了混混时间，请
你到侧边的房间里去，我来问问这小伙计给我这块糖是
什么意思；你要不停地叫“弗朗西斯”，他就会不停地说
“马上，马上”，根本无暇回答我的问题。站到一边去吧，
我的表演就要开始了。

波因斯	弗朗西斯！
亨利王子	太好了！
波因斯	弗朗西斯！ 波因斯下

酒店伙计弗朗西斯上

弗朗西斯	马上，马上，先生。——拉尔夫，你去照看“石榴”包间。
亨利王子	过来一下，弗朗西斯。
弗朗西斯	殿下，有什么吩咐？
亨利王子	你还得在这儿做多久，弗朗西斯？
弗朗西斯	说真的，还得干五年，直到——
波因斯	（幕内）弗朗西斯！
弗朗西斯	马上，马上，先生。
亨利王子	五年？我的天，同叮叮当当的酒壶酒杯打交道这么久。可是，弗朗西斯，你敢不敢鼓起勇气，当一回破坏学徒契约的懦夫，迈开双腿，一溜了之？
弗朗西斯	啊，老爷，先生，以英国所有的《圣经》本本发誓，我心里想的——
波因斯	（幕内）弗朗西斯！
弗朗西斯	马上，马上，先生。
亨利王子	你多大了，弗朗西斯？

弗朗西斯	我看——大概下一个米迦勒节 [1]，我就——
波因斯	（幕内）弗朗西斯！
弗朗西斯	马上，先生。——请稍等，殿下。
亨利王子	还有，弗朗西斯，你听着，你给我那块糖，值一便士，是不是？
弗朗西斯	啊，殿下，先生，我但愿它值两便士。
亨利王子	为了那块糖，我要给你一千英镑。你什么时候要，就找我，你将得到这笔钱。
波因斯	（幕内）弗朗西斯！
弗朗西斯	马上，马上。
亨利王子	马上，弗朗西斯？不行，弗朗西斯。明天吧，或者，弗朗西斯，礼拜四吧，再不行，弗朗西斯，你什么时候要再说。可是，弗朗西斯！
弗朗西斯	什么，殿下？
亨利王子	你敢抢穿皮上衣、缀水晶纽扣、头发剪短、戴玛瑙戒指、穿深色羊毛长筒袜、系羊毛吊袜带、嘴巧、挂西班牙钱袋的——
弗朗西斯	啊，殿下，先生，你说的谁呀？
亨利王子	嘿，那么你最好也只有喝喝西班牙甜酒啦。你瞧，你这身紧身帆布白衣容易弄脏。在柏柏里 [2]，先生，这种衣服没有这么贵。
弗朗西斯	什么，先生？
波因斯	（幕内）弗朗西斯！
亨利王子	快去吧，混蛋！你听见他们叫吗？

1　米迦勒节（Michaelmas）：纪念圣米迦勒（Saint Michael）之节日，在 9 月 29 日。

2　柏柏里（Barbary）：北非一地区，盛产糖。

此刻，二人同时叫他。弗朗西斯惶愕中，不知往哪边去

酒店老板上

酒店老板　嘿，听见客人连声叫唤，你竟然站在那里不动？快去招
　　　　呼里面的客人。　　　　　　　　　　　　　弗朗西斯下
　　　　殿下，老约翰爵士带着五六个人正在门口，我放他们进
　　　　来吗？

亨利王子　先不管他们，等一会儿再开门。　　　　　酒店老板下
　　　　波因斯！

波因斯上

波因斯　马上，马上，先生。[1]

亨利王子　老兄，福斯塔夫同那一伙贼正在门口。我们要不要拿他
　　　　们逗逗乐子？

波因斯　要快乐得像一群蟋蟀，年轻人。可是听我说，你同这个
　　　　店伙计开这场玩笑，到底有何玄妙？快告诉我其中有何
　　　　奥妙？

亨利王子　我现在满脑袋里装的全是从老祖宗、好人亚当的古远年
　　　　代，一直到目前这个稚嫩时期的当前这个午夜十二点所
　　　　出现过的种种奇思妙想。

弗朗西斯上

　　　　几点啦，弗朗西斯？

弗朗西斯　马上，马上，先生。　　　　　　　　　　　　　　下

亨利王子　这家伙会说的话比鹦鹉还少，而居然也是女人所养之
　　　　子！他的活儿就是跑楼上楼下，他的口才就是算账报账。
　　　　然而我不赞同潘西的想法，那个北方的霍茨波，吃一顿

1　此处波因斯是在模仿酒店伙计弗朗西斯的腔调。——译者附注

早饭的工夫就杀了七八十个苏格兰人，洗洗手，对他夫人说"这种平淡的日子真难过！我要干事。""啊，我亲爱的哈利，"他的妻子说，"你今天杀了多少人啦？""给我的杂色马喂点水，"他说完再答道，"杀了大概十四个吧"，过了一个小时，又说，"寥寥无几，寥寥无几。"请你把福斯塔夫叫进来。我来扮演潘西，那该死的肥猪猡就扮潘西的妻子摩提默夫人。"喝呀！"那醉鬼嚷道。瘦的肥的都叫进来吧。（波因斯呼唤）

福斯塔夫、盖兹希尔、巴道夫与皮多同上。弗朗西斯执酒随上

波因斯　　　欢迎欢迎，杰克！你到哪里去了？

福斯塔夫　　天下的懦夫都遭瘟，我说，还要遭天杀天报，嗨呀，阿门！——（对弗朗西斯）给我倒一杯萨克酒，店伙计。——这日子再这样过下去，我就要自己缝袜子、补袜子、上袜底了。天下的胆小鬼都遭瘟！——给我倒一杯萨克酒，混账。这世上还有勇气存在吗？（饮酒）

亨利王子　　你见过太阳神吻一盘黄油[1]没有——太阳神一片痴情——一听他的甜言蜜语，黄油就立刻化了？倘若见过，就看看眼前这个混合物吧[2]。

福斯塔夫　　（对弗朗西斯）你这混蛋，这萨克酒里也有石灰水味[3]。——坏人总干坏事；然而，一个懦夫比一杯掺了石灰水的萨克酒更坏。　　　　　　　　　　　弗朗西斯可下
　　　　　　　　坏蛋加懦夫！走你自己的路吧，老杰克，你愿意什么时

1　福斯塔夫喝萨克酒时，那张大而通红的脸正像太阳；"黄油"可能有性暗示，因为妓女被比作"一盘黄油"（dish of butter）。
2　"混合物"可能指"福斯塔夫和萨克酒"，极言他之嗜酒；或指"福斯塔夫和淋漓的汗水"，描状他体胖多汗。
3　当时用氢氧化钙（熟石灰）来保存酒。

候死，就什么时候死吧，如果人世间还有人记得什么是男子汉气概，堂堂男子汉气概的话，我就变成一条排尽卵的鲱鱼[1]。而今在英国，没有被绞死的好人不到三个了，其中之一人发胖了，老了。上帝救救当今之世！我说，世风日下啊。我要是个织工[2]就好了。我可以把一切都唱出来。天下的懦夫都遭瘟，我依然这么说。

亨利王子　怎么啦，羊毛垫子[3]，你嘟囔些什么？

福斯塔夫　你是国王的儿子？如果我不用一把木头短剑[4]把你杀出你的王国，当着你的面把你的臣民像一群野鹅一样驱散，我就再也不是一个须眉男子汉。你是威尔士亲王？

亨利王子　嘿，你这一身横肉的无赖，你有毛病吗？

福斯塔夫　你难道不是一个懦夫吗？回答我这个问题。还有你波因斯。

波因斯　你这大肚子肥鬼，你敢骂我懦夫，我就一刀捅死你。

福斯塔夫　我骂你懦夫？我还来不及骂你懦夫，你就下地狱了。可是如果我逃跑起来能跑得同你一样快，我情愿输一千英镑。你的双肩又直又挺，你不怕别人看见你的后背。你把这叫做援助朋友？这种后背的援助见鬼去吧！我宁愿要面对我的人做朋友。给我倒一杯萨克酒。如果我今天喝过一口酒，我就是混蛋。

亨利王子　嗬，你这坏家伙，刚才喝的酒还留在嘴边没有拭干哩。

福斯塔夫　那又怎么样？（饮酒）

1　产了卵的鲱鱼瘦弱干瘪。
2　很多织工是新教徒移民，善唱赞美诗。
3　过去法官习惯坐在羊毛垫子上。上文福斯塔夫所说的话好像法官在判案。——译者附注
4　木头短剑（dagger of lath）：传统道德剧中戏份搞笑的"罪恶"角色使用的软木制短剑。

天下的懦夫都遭瘟，我还是这么说。

亨利王子 究竟是怎么一回事？

福斯塔夫 怎么回事？就这儿我们这四个人，今天早晨就得手，抢到一千英镑哩。

亨利王子 钱在哪里，杰克？在哪里？

福斯塔夫 钱在哪里？又被抢走了：一百人向我们扑来，抢我们四个。

亨利王子 哇，一百人？

福斯塔夫 我只身一人同他们十二人短兵相接，肉搏了整两个小时，若有半句假话，我就是个无赖。我死里逃生，简直奇迹。我的紧身衣被刺穿八次，裤子被刺穿四次，我的小盾被砍烂，我的剑不堪重击，满是缺口，像一把手锯——瞧瞧这些证据啊！[1] 此生此世，我从未战得如此之勇；然而，所有这些还不够。天下所有的懦夫都遭瘟！叫他们开口讲话吧；他们不说实话，就是恶棍，黑夜之子[2]。

亨利王子 说吧，各位，到底是怎么回事？

盖兹希尔 我们四人对付十二个人左右——

福斯塔夫 至少十六个，殿下。

盖兹希尔 把他们都绑起来了。

皮多 不，不，没有绑他们。

福斯塔夫 你这混蛋，绑了他们的，每一个都绑住的，要不然我就是犹太人，一个地道的犹太混蛋。

盖兹希尔 我们正在分劫财的时候，又来了六七个人袭击我们——

福斯塔夫 他们把绑的人放开了，接着又来了一些人。

1　原文 *ecce signum* 为拉丁文，常见于天主教弥撒经文。

2　黑夜之子（sons of darkness）：出自《圣经·新约·帖撒罗尼迦前书》第 5 章第 5 节。

亨利王子	什么，你们同他们所有的人斗？
福斯塔夫	所有的？我不懂你说的"所有的"是什么意思，可如果我没有跟他们五十个人交手，我就算是一捆小萝卜；如果冲向可怜的老杰克的人没有五十二三个，那我就不算是一个两腿行走的生物。
波因斯	我的天，但愿你没有杀害他们中的几个人。
福斯塔夫	求天求地已经晚了。我捅伤了两人；另外两个穿粗麻布衣的家伙肯定被我结果了性命。听我说，哈尔，要是我对你说谎，你就唾我的脸，骂我是畜生。你知道我的老一套防守姿势，就这样握剑以待，锋芒毕露，但见那四个麻衣恶徒凶煞煞向我冲来——
亨利王子	怎么是四个？你刚说的两个。
福斯塔夫	四个，哈尔，我刚才对你说四个。
波因斯	是，是，他说的是四个。
福斯塔夫	这四个家伙并排向我杀来，气势汹汹，我盾牌轻轻一挡，七个剑头应声栽在上面，如此这般，干净利落。
亨利王子	七个？咳，刚说的四个。
福斯塔夫	穿麻布衣的？
波因斯	对，四个，穿麻布衣。
福斯塔夫	七个，凭这几把剑柄发誓，否则我就是坏蛋。
亨利王子	（旁白。对波因斯）别理他啦。过一会儿还有更多的人哩。
福斯塔夫	你在听我说吗，哈尔？
亨利王子	岂止听你说，我也在听你数，杰克。
福斯塔夫	好好听，这值得听。我刚才告诉你这九个穿麻布衣的人——
亨利王子	听，又多了两个。
福斯塔夫	既然他们的剑头已经折断——

波因斯	裤子就掉下来。[1]
福斯塔夫	他们就开始退却，我紧追不舍，逼近厮杀，一眨眼工夫，十一个人被我撂倒了七个。
亨利王子	哎，好怪诞！两个穿麻布衣的人变成了十一个？
福斯塔夫	可是，倒霉透顶，祸不单行，三个穿肯德尔绿粗呢衣[2]的混蛋杂种从背后向我冲来，袭击我；当时天黑得啊，伸手不见五指啊，哈尔。
亨利王子	这些谎言正像生产这些谎言的父亲，如一座大山一样触目难掩、袒露无遗。哈，你愚蠢而厚颜、昏聩而下流、淫佚而放浪、脑满肠肥——
福斯塔夫	嘿嘿，你疯啦？你疯啦？这事实难道不是事实吗？
亨利王子	你说天黑得看不见自己的手，那你怎么知道这些人穿的是绿色肯德尔粗呢衣呢？快呀，讲个道理出来，你还有什么好说？
波因斯	是呀，说说你的理由，杰克，你的理由。
福斯塔夫	怎么，要强迫我说？我不说。就是把我双手反绑在背上吊起来，或者把天下所有的肢裂刑架都拿来拷问我，我也决不开口。强迫我给一个理由？即使理由多得如黑莓，任何人也没有理由强迫我说，这就是我。
亨利王子	我再也不背这个罪名了。你这血气方刚的懦夫，压床的懒汉，坐断马背的莽夫，一座庞大的肉山——
福斯塔夫	去你的！你这皮包骨的屄头，无能的干柴棒，干瘪的牛舌，公牛的干鞭子，腌干的鳕鱼！啊，我数落你累得上

1　福斯塔夫说的是"剑头"（points）折断，而波因斯理解为系裤子的吊带扯断。

2　坎布里亚（Cumbria）郡的肯德尔（Kendal）以出产绿色羊毛粗呢著名。

	气不接下气！你是裁缝的尺子，空的刀鞘，弓箭盒，欠钢火的钝剑——[1]
亨利王子	喂，歇一口气再说吧。你弄出这么多下流比喻也劳累了，听我说几句吧。
波因斯	听好，杰克。
亨利王子	我们两人看见你们四人抢四个客商，把他们绑了，夺了他们的钱财。现在听着，我只消几句话就要叫你哑口无言。接着就是我们两人袭击你们四人，我们一声喊，就吓得你们弃财而逃，我们立即轻取在手，哼，劫财就在这屋里，可以让你开开眼界。福斯塔夫，看你大腹便便的，跑起来可轻灵快捷哩，边跑边喊饶命，吼声之大，简直像一头小公牛在嚎。好一个卑劣的东西，你自己在剑上砍几个缺口，却说成是在打斗中砍缺的！现在看你还有什么伎俩、什么手段、什么藏身遁形的地洞，能够掩盖你昭然若揭的耻辱？
波因斯	说啊，杰克，说给我们听听：你还要耍什么花招？
福斯塔夫	我同造你们的上帝一样眼尖，当时就认出你们了。然而，各位老大，你们听着，难道要我杀害王位的当然继承人吗？难道要我攻击当朝王子吗？你知道，我的勇武如赫剌克勒斯，但得提防本能。一头狮子也不愿意伤害当朝王子。本能关系重大。当时出于本能，我成了懦夫。为此，我将终生对自己和你刮目相看：我是一头勇猛的狮子，你是一个地道的王子。可是，年轻人，我很高兴钱到了你们手里。——老板娘，把门关好。今夜欢宴通宵，明天虔心祈祷。时髦少年们，年轻人们，弟兄们，真心

1　福斯塔夫这一连串针对亨利王子的比喻都有强烈的性暗示。——译者附注

如金的伙伴们，你们当得起人间友谊的一切美称！哈，我们来乐一场怎么样？我们来即兴演一场戏怎么样？

亨利王子　好啊，就以你逃跑为主题吧。

福斯塔夫　呵，别提那档子事了，哈尔，如果你爱我的话。

老板娘奎克莉上

老板娘奎克莉　亲王殿下！

亨利王子　怎么，店主夫人？你有话要说？

老板娘奎克莉　哎呀，殿下，宫里来的一位大人正等在门口要见你，说是你的父王遣他来的。

亨利王子　尽可能待他以宫廷之礼吧，然后打发他回到我娘那里去吧。

福斯塔夫　他像什么样子？

老板娘奎克莉　一个老头子。

福斯塔夫　他这么大年纪半夜不睡觉跑来干啥？要我去回复他吗？

亨利王子　劳你去吧，杰克。

福斯塔夫　真的，我要叫他立即走人。　　　　　　　　　　　　下

亨利王子　各位听着：你们干得都很好哇；皮多，你干得好，巴道夫，你也干得不错。你们也都是狮子，逃跑是出于本能。你们不愿意伤害当朝王子；呸，真见鬼！

巴道夫　说实话，我是看见别人跑，就跟着跑的。

亨利王子　现在告诉我实话，福斯塔夫的剑怎么会有那么多缺口？

皮多　嗨，他用匕首把剑砍缺的，还发誓说，就是让真理逃离英国，也要使你相信他的剑是在打斗中砍坏的，还劝我们也这样干。

巴道夫　是啊，他还要我们用针茅草尖儿把鼻子捅出血，抹在衣服上，冒充勇士的鲜血，我已经七年没这样干过了，听见他说这些荒谬离谱的花招我都脸红。

亨利王子	啊，你这混账东西，十八年前你偷了一杯萨克酒喝，被当场抓住之后，你的脸就一直发红。你火气满脸，腰间仗剑，却临阵逃窜，这叫什么本能？
巴道夫	殿下，你看见我脸上这些流星似的红斑吗？星星点点的？
亨利王子	我看见了。
巴道夫	你认为它们预示着什么？
亨利王子	喝得醉醺醺，穷得冷清清。
巴道夫	急性子，殿下，如恰当理解的话。
亨利王子	不对，是吊颈绳[1]，如恰当理解的话。

福斯塔夫上

瘦杰克来了，皮包骨来了。——怎么样，亲爱的夸夸其谈先生？自从上回你看见你自己的膝盖至今，杰克，有多少年月了？

福斯塔夫　我自己的膝盖？我在你这个年纪的时候，哈尔，我的腰还不如鹰爪那般粗。我能钻进任何一位郡长的大拇指上戴的图章戒指里去哩。该死的叹息和忧伤啊，把一个人吹胀，像一个大气泡。刚才是你的父王派来的约翰·勃莱比爵士[2]，传来不妙消息，并令你早上进宫去。还是那北方疯子潘西，还有那个威尔士人，他曾经用棍杖打过魔鬼亚迈蒙，还给魔王路西非尔戴过绿帽子，凭一根威尔士弯杖上的十字架叫魔鬼发誓当他的忠仆——你们叫他什么该死的名字？

1　上句中的"急性子"原文是 choler（急躁），与 collar（脖套）同音，亨利王子在此句中将其引申为 halter（套索）。

2　此人名 1598 年第一四开本中写作 Sir John Bracy，此版本写作 Sir John Braby。——译者附注

波因斯	啊，是葛兰道厄。
福斯塔夫	奥温，就是奥温这个人，还有他的女婿摩提默和诺森伯兰那个老家伙，更有苏格兰人的佼佼者、骁勇的道格拉斯，能骑马直奔悬崖峭壁——
亨利王子	他骑马疾驰，能一枪击中一只飞着的麻雀。
福斯塔夫	你一语中的。
亨利王子	那次他没有击中那只麻雀。
福斯塔夫	嗨，那家伙有胆，不会临阵脱逃。
亨利王子	怎么，你这家伙，刚才你不是还称赞他跑得快吗？
福斯塔夫	他骑马跑得快，你这笨鸟！下马寸步难行。
亨利王子	是的，杰克，凭本能行事。
福斯塔夫	我同意，凭本能行事。那个叫摩代克的人也在那里，还有一千多个蓝帽士兵[1]。伍斯特今晚已经溜之大吉。你父亲听到这个消息，胡须都急白了。你现在可以用比臭青鱼还要便宜的价格买到土地。[2]
亨利王子	那有可能，如果太阳淫威不减，内乱持续不断，我们将以买鞋钉的价格成百地买到处女的贞操啊。[3]
福斯塔夫	大规模地买，好小子，你说得对。看来我们在这个行当里会有好买卖可做。不过，哈尔，告诉我，你不怕得心惊肉跳吗？身为王位的当然继承人，此生此世遇到的仇敌有比恶魔道格拉斯、恶神潘西和魔怪葛兰道厄更恐怖的吗？你难道不惊恐？听了刚才那个凶讯，你难道不骇

1　指戴蓝帽的苏格兰士兵。
2　当时土地如此便宜可能因为急于出卖土地筹款打仗，也有可能因为人们在战争时期对经济悲观而贱卖土地。
3　指在战乱中，妇女会被奸污或为生计而卖身。

	得热血骤冷？
亨利王子	毫无惧怕，我缺乏你的那种本能。
福斯塔夫	嘿，你明天去见你的父王，将会被苛责一顿的；如果你爱我的话，我们还是来练习练习你该怎样应答吧。
亨利王子	你就扮作我的父亲吧，这样你可以详细查问我生活中的细枝末节。
福斯塔夫	要我来扮？好吧，这把椅子就算我的王座，这把短剑就是我的权杖，这个垫子就是我的王冠。
亨利王子	你的王座是一个折叠凳，你的金权杖是一把铅剑，你的璀璨的王冠是一个可怜的秃顶！
福斯塔夫	好啦，如果你还有几分优雅风度的话，此刻你应动几分真情。给我一杯萨克酒喝，使我的眼睛发红，让人家看起来我刚刚哭过，因为我说话必须充满激情，用冈比西斯王[1]的激昂腔调。
亨利王子	好，那我就跪下了。（他鞠躬或跪地）
福斯塔夫	我要讲话了。各位贵客靠边站。[2]
老板娘奎克莉	这真好玩哟。
福斯塔夫	不要洒泪，酒店女王，几滴清泪，徒沾衣裳。[3]
老板娘奎克莉	啊，瞧这父王满脸正经的样子！
福斯塔夫	看在上帝份上，各位贤卿，陪送哀伤的皇后回宫去，因为泪水已经堵塞了她的双眼。
老板娘奎克莉	啊，太精彩啦，他演得像我见过的街头戏子一样！

1 冈比西斯王（King Cambyses）是一个历史人物，托马斯·普雷斯顿（Thomas Preston）所写旧剧《波斯王冈比西斯传》（*Life of Cambyses, King of Persia,* 1569）把他描绘成一个说话激昂夸张的独裁者。
2 可能是叫酒店里的其他人站到旁边去，为他们的扮演让出一些地方。
3 福斯塔夫对老板娘奎克莉这样说，可能因为她高兴得流泪。

↓奎克莉下，或由巴道夫陪同下↓

福斯塔夫 安静，你这提啤酒壶的，安静，你这卖老烧酒的。——哈利，我不仅惊讶于你在何处厮混，而且惊讶于你同谁厮混，虽然春黄菊越遭践踏越易滋长，年华光阴却虚抛不再来。你是我的儿子，这一则是你的母亲的说法，一则是我自己的看法，但主要是你那邪乎的眼神和下唇下垂的蠢态使我坚信此言不虚。如果你是我的儿子，那么就有一个问题：为什么做了我的儿子却被世人如此訾议？难道天上的尊贵太阳成了浪荡公子，成天嚼乌梅子？这个问题不言自明。难道英格兰的亲王会去做贼偷别人的钱袋？这是一个必须问的问题。哈利，有个东西你常有所闻，吾国之人也多有所知，这东西名叫沥青：据古时文人所言，这沥青逢物则玷污。交友也一样。哈利，此刻我对你所言非酒后之语，乃泣泪之劝诫；非戏言，乃真情；非只言辞，乃内心忧戚直露。然而在你朋辈之中，有一人德行弥高，常令我刮目，不知此人姓甚名谁。

亨利王子 此人令陛下如此见爱，请问他是何模样？

福斯塔夫 此人体格伟岸，胖大敦实，笑容满面，眉目和悦，气质高贵，依我看，他年届五十左右，或许近于六十；我记起来啦，他名叫福斯塔夫。如果此人竟干诲淫诲盗之事，那我就是有眼无珠，因为，哈利，我看他的面相就知道他德行可嘉。如若见果而知其树，见树而知其果，我敢断言，这个福斯塔夫肯定隆德在身；你且与他为友，勿与其他人等交往。告诉我，你这不肖之子，告诉我你这个月在哪里厮混？

亨利王子 你这番言辞像一个国王吗？现在你来扮我，我扮我的父亲。

福斯塔夫	要废黜我？如果你的言谈举止能赶得上我一半的庄重威风，你把我倒吊起来，像倒挂一个兔崽子或野兔一样。
亨利王子	好，我在王位上坐定了。
福斯塔夫	我就站着。各位评评吧。[1]
亨利王子	啧，哈利，你从哪来啊？
福斯塔夫	父王在上，儿从依斯特溪泊来。
亨利王子	我听到人们对你怨诽声声。
福斯塔夫	说实话，陛下，他们全在信口开河。——我来扮演亲王给你看看，肯定叫你开心。
亨利王子	你怎么出口就伤人呢，没教养的孩子？从今往后，不要面见我了。你已经完全不成体统，一个魔鬼扮成一个胖老头附在你身上了，一个臃肿如大酒桶的家伙成了你的挚友。你为什么要结交那个藏垢纳污的箱子，盛满兽性的容器，肿胀的大脓包，硕大的酒囊，塞满五脏六腑的大皮囊，一肚子香肠填料的曼宁特里[2]烤牛，德高望重的罪恶化身，满头白发的罪孽魁首，倚老卖老的无赖，年深月久的虚荣之最？他除了尝酒喝酒，还有什么本事？他除了用刀切鸡、大饱口福，还有何能耐？他除了机关算尽，有何聪慧可言？他除了作恶，有何谋略运筹？他的所作所为，哪一桩不伤天害理？哪一桩足可称道？
福斯塔夫	祈望陛下明示所指何人？
亨利王子	那可憎可恶、误人子弟的福斯塔夫，那须发已白的老撒旦啊。
福斯塔夫	陛下，此人我认识。

---

1 当时在酒店里的看客必须评判亨利王子和福斯塔夫谁扮得更像国王。
2 曼宁特里（Manningtree）：埃塞克斯（Essex）一城镇，当地的集市和牲口市场远近闻名。

亨利王子	我知道你认识。
福斯塔夫	可是，说我知道他的弊病比我自己的弊病多，无异于说我知道我所不知道的事情。他老了，这是足可惋惜的，他的满头白发可以为证。然而，要说他是一个奸邪之徒，恕我直言，我是要断然否认的。如果喝几杯加糖的萨克酒就算过失，愿上天拯救失足者；如果人老了寻点开心也算罪过，那我认识的许多老者都要下地狱；如果胖子该遭人恨，那么法老的瘦牛¹该惹人喜爱了。不，英明的殿下，罢黜皮多，罢黜巴道夫，罢黜波因斯，可是，可爱的杰克·福斯塔夫，善良的杰克·福斯塔夫，忠心耿耿的杰克·福斯塔夫，勇武的杰克·福斯塔夫，老而弥勇的杰克·福斯塔夫——不能罢黜他，不能褫夺哈利的挚友，万万不能；没有了胖杰克就没有了整个世界啊。
亨利王子	我要，我一定要罢黜他。（敲门声）

巴道夫奔上

巴道夫	啊，殿下，殿下！郡长带了一大帮巡丁气势汹汹地到了门口。
福斯塔夫	滚出去，混蛋东西！——我们要把戏演完，我还有很多话要替那个福斯塔夫说哩。

老板娘奎克莉上

老板娘奎克莉	啊，殿下，殿下！
亨利王子	嗨，嗨！撞见鬼啦，怎么回事？
老板娘奎克莉	郡长和全部巡丁都在门口。他们要来搜查这个酒店。我要放他们进来吗？

---

1 《圣经·创世记》第 41 章 1 至 31 节述及法老梦见七头瘦牛吞食七头肥牛，预示饥馑将至。

福斯塔夫	你听见了吗，哈尔？绝不要把真金当假货[1]；你是货真价实的，虽然表面看起来不是[2]。
亨利王子	即使没有本能，你也是一个天生的懦夫。
福斯塔夫	我拒绝你的说法。如果你拒郡长于门外，可以；如果你要放他进门，请便。如果坐在囚车上我不比任何人都显得更加潇洒的话，我就辜负了我的出身和教养！我希望我上绞刑架不落人后。
亨利王子	去吧，你躲到壁帷后面。其余的人上楼去。注意，各位先生，摆出一副诚实的面孔和无辜的良心。
福斯塔夫	这两样我原来都有，可现已到期，所以我只好藏起来。
	（躲到壁帷后）
亨利王子	叫郡长进来。　　　　　　　　　除亲王与皮多外，其余均下

郡长及挑夫上

	嗬，郡长先生，有何见教?
郡长	殿下，有扰尊安，先告歉意。
	据称几个坏人逃进了这家酒店。
亨利王子	是些什么人?
郡长	其中一个很有名声，殿下，
	一个臃肿的大胖子。
挑夫	肥得像黄油。
亨利王子	实言相告，此人不在此处，

1　这句话颇有争议，福斯塔夫似乎以为自己如真金一般忠于王室或自身价值如金，尽管此前王子骂他懦弱而虚伪。

2　你是货真价实的……不是（thou art essentially made, without seeming so）：此句含义亦不清，可能是说"对你的朋友，你本质上是真诚的，尽管你最近的某些言辞与此抵触。"也可能是说："你根本是在作戏骗人，尽管表面显得很忠诚"；有些编者采用后一种解读，将原文中的 made（造成）换成 mad（疯狂）。

	我刚差他去办事。
	郡长大可放心，
	明天午前，我定然遣他，
	来见你或其他任何人，
	回应对他的指控。
	现在我请你离开这家酒店。

郡长　　　　我照办，殿下。在这件劫案中，

两位绅士被抢三百个马克。

亨利王子　　有可能。如他劫人钱财，

他必将受惩。再见吧。

郡长　　　　晚安，尊贵的殿下。

亨利王子　　我看应该是早安了，是不是？

郡长　　　　确实如此，我想此刻已经两点了。　　　　郡长及挑夫下

亨利王子　　（对皮多）这油滑的混蛋同圣保罗大教堂[1]一样闻名。去，
叫他出来。

皮多　　　　福斯塔夫！他在壁帷后面酣睡嘞，鼻鼾响得像一匹马。

亨利王子　　听，他的呼吸声多么重浊。搜搜他的衣袋。

皮多搜福斯塔夫的衣袋，找到几张纸片

找到了什么？

皮多　　　　没有什么，只有几片纸，殿下。

亨利王子　　看看上面写些什么？读给我听听。

皮多　　　　（念）"品类：一只阉鸡，二先令二便士。品类：豆
油，四便士。品类：萨克酒二加仑，五先令八便士。品
类：鳀鱼和晚餐后萨克酒，二先令六便士。品类：面
包，半便士。"

1　圣保罗大教堂当时是伦敦的最高建筑，是无人不知的地标。

亨利王子　　啊，可怕！面包只值半便士，萨克酒却买了这么多！上面还有些什么，你把它保管好，我们以后方便了再看。就让他在这儿一觉睡到天亮吧。早晨我要回宫去。我们都必须投身于战争，你的职位将会很尊荣。我将叫这胖东西指挥一队步兵，我知道，二百四十码行军就会要他的命。这笔抢来的钱必须连本带利归还原主。明晨一早来见我，好，再会，皮多。

皮多　　再会，好殿下。　　　　　　　　　　　　　　　同下

第 三 幕

第一场 / 第八景

地点不详，可能在葛兰道厄的寓所里

霍茨波、伍斯特、摩提默勋爵与奥温·葛兰道厄上

摩提默　　可靠盟友，慷慨相助，
　　　　　　举事之初，胜券在握。

霍茨波　　摩提默伯爵、葛兰道厄姻丈，
　　　　　　有请二位落座。
　　　　　　伍斯特叔父也请坐——该死，
　　　　　　我忘记带地图！

葛兰道厄　不妨，我有。（展示地图）
　　　　　　坐下，潘西贤侄，坐下，霍茨波贤侄——
　　　　　　每当兰开斯特 [1] 提起你的大名，
　　　　　　面色即苍白，叹息一声声，
　　　　　　唯愿你命归西天。

霍茨波　　每次他听人说起奥温·葛兰道厄，他都愿你下地狱。

葛兰道厄　这难怪他：我诞生时，
　　　　　　满天火球滚滚，
　　　　　　流星光艳飞迸，
　　　　　　我落地山河震，
　　　　　　状如懦夫战栗。

1　指亨利王，葛兰道厄故意提到他称王之前的封号——兰开斯特公爵（Duke of Lancaster）。

霍茨波	嘿，在那个季节，即便你不出生，令尊的猫产崽也会出现那种天象。
葛兰道厄	我是说我出生之时，大地的确在战栗。
霍茨波	我说大地与我意见不同， 如果你以为它惧你而抖。
葛兰道厄	满天烈火，大地颤动。
霍茨波	呵，大地见天火而颤抖， 非惊惧于你的诞生。 失态的自然常突发异象； 孕育万物的大地有阵痛， 肆意的风在母腹内搅扰， 自由吹袭，晃荡地母， 尖塔倒塌，古楼倾覆。 当你出生之时， 祖母大地恰患此疾， 极度痛楚之中， 但见地动山摇。
葛兰道厄	贤侄，很多人如此冒犯我， 我都难以容忍迁就。 我再对你说：我降生之时， 漫天大火熊熊烧， 山羊成群奔下山， 牛群怪叫窜旷野。 种种异象，显我非凡， 此生阅历，可圈可点， 出类拔萃，非碌碌之辈。 大海环抱之英格兰、

苏格兰及威尔士全境中，
谁堪为我之师而教化我？
我的法术博大精深，
哪个妇人所育之子
能于此道望我项背？

霍茨波　　　我看无人比你更会胡说。
　　　　　　我要用餐去啦。

摩提默　　　别说了，潘西贤弟，你会激怒他的。

葛兰道厄　　我能召唤深渊里的幽灵。

霍茨波　　　嘿，这我也可以，人人都可以。
　　　　　　可你真的召唤之时，他们会来吗？

葛兰道厄　　嗬，侄儿，我可以教你如何驱使魔鬼。

霍茨波　　　老伯，我可以教你讲真话
　　　　　　以羞辱魔鬼：口出真言，
　　　　　　魔鬼汗颜。如果你有法力
　　　　　　召他来，我有神力羞他去。
　　　　　　啊，人讲真话魔鬼也羞愧。

摩提默　　　喂，喂，不要再唠叨无用的闲话。

葛兰道厄　　亨利·波林勃洛克犯我军三次，
　　　　　　三次皆被我从瓦伊河[1]畔和
　　　　　　沙底的塞文河边击溃败归，
　　　　　　丢盔弃甲、风吹雨打而回。

霍茨波　　　既丢盔弃甲，又风吹雨打，
　　　　　　鬼知道他怎么没发疟疾呢？

葛兰道厄　　好啦，看地图：我们要按照

1　瓦伊河（Wye）：位于威尔士和英格兰边界。

订的协议三分应得的土地吗？

摩提默　　　　副主教¹已经将土地，

均等地分为三份：从特伦特河

和塞文河至此东南一带，

英格兰的这一块土地划归于我；

塞文河岸以西的全部威尔士沃土，

归属于奥温·葛兰道厄；

特伦特河以北所余的全部土地

归属于你，我的好兄弟。

我们的三联协议业已拟定，

各方还须交互签字封印——

此事今晚即可告成——

明天，潘西贤弟，你和我，

还有伍斯特伯爵，将启程

去什鲁斯伯里²，与令父和

苏格兰的军队如约相会。

我的岳父尚未准备就绪，

但十四天内无需他相助。——

（对葛兰道厄）在此期间你可以征集起

你的佃户、友人和乡绅。

葛兰道厄　　　我与各位不日即可聚首，

你们的夫人将与我同行，

此刻你们却须不辞而别，

因为夫妻相别劳燕分飞，

1　此人所指不详，据史料记载，可能指班戈（Bangor）的副主教。

2　什鲁斯伯里（Shrewsbury）：英格兰西部城市，位于威尔士和英格兰边界。

	有洒不尽的儿女情长泪！
霍茨波	（看地图）
	我这块伯顿以北的土地
	我看比你们那两份都小：
	这条河弯进我的土地上，
	削去一片我的肥美之地，
	半月形一大块一大拐角。
	我要在此筑坝拦截河水，
	让银波闪闪的特伦特河
	沿新水道端正笔直地流。
	它不能如此深深地蜿蜒，
	夺去我一大片肥沃之土。
葛兰道厄	不让河弯进去？它要，肯定要。你看吧，它弯进去的。
摩提默	是啊，可是你且看，
	这河水流到我这边
	同对岸一样弯进来，
	割去我一大块土地，
	大小同你那块一般。
伍斯特	是的，可是耗资不多
	即可令其改道而让地，
	北岸得地，河则直行。
霍茨波	我要如此这般，且耗资不多。
葛兰道厄	河道断不可改。
霍茨波	你不允许吗？
葛兰道厄	不，你不能胡来。
霍茨波	谁敢对我说不？
葛兰道厄	正是鄙人。

霍茨波	你还是用威尔士语说吧，免得我听懂你的话而恼。
葛兰道厄	阁下，我的英语不比你的差，
	因为我承教于英格兰宫廷，
	年轻时吟诗伴竖琴弹奏，
	曲曲婉转，悠扬动听，
	所以我讲英语高雅纯正，
	你缺乏这种素养和才情。
霍茨波	我的天！
	我真庆幸没有这种才情。
	我宁愿学小猫咪咪呜呜，
	也不当卖唱的满街哼哼。
	宁愿听车床旋黄铜烛柱
	的尖啸或无油轮轴嘶叫，
	我的牙齿也不至于发痒，
	胜过听见矫情虚意的诗，
	如老马强作矫健的身段。
葛兰道厄	好啦，你可以把特伦特河改道。
霍茨波	我无所谓：我可以把多三倍的土地
	奉送受之无愧的朋友；
	但说到讨价还价，听着，
	我会毫发必究一丝不爽。
	协议拟定了吗？要出发了吗？
葛兰道厄	月光正皎洁，诸位可趁夜动身。
	我即催促文书拟写盟书，
	并告令夫人你等已启程。
	我担心我的女儿会气疯，
	因为她对摩提默太痴情。

下

摩提默	咳，潘西贤弟，你如此放肆地顶撞我的岳父！
霍茨波	我也身不由己：有时他激怒我，
	因为他对我讲鼹鼠 [1] 和蚂蚁，
	还有先知梅林 [2] 和他的预言，
	龙和无鳍鱼，还有什么
	折翅的半狮半鹰怪兽和无毛的渡乌，
	卧狮和后腿独立的猫，
	诸如此类，荒诞不经，
	以致我信仰旁门乱方寸。
	昨夜他缠我唠叨至少九小时，
	罗列听他使唤的魔鬼的名字；
	我口中"啊哈"声声敷衍，
	他滔滔不绝，我一字未听；
	嗨，他像疲惫无聊的马，
	长舌怨妇，浓烟熏人的屋。
	我宁愿住在僻远的磨坊，
	啃干酪大蒜度日，也不愿
	居豪宅啖珍馐听人说废话。
摩提默	他的确是一位可敬的绅士，
	学问精深，尤擅异术，
	勇如猛狮，待人谦和，
	慷慨如西印度的宝藏。
	实言相告吧，好兄弟：

1　霍林谢德《编年史》记载，版图的划分依据一个预言：亨利四世的形象为鼹鼠，余者为龙、狮和狼。

2　梅林（Merlin）为传说中亚瑟王（King Arthur）宫廷里的术士及先知。

他非常看重你的秉性，

即使你对他出言不逊，

他也克制天生的傲性；

我敢说，世上任何人

像你那样唐突冒犯他，

早就已尝尽他的厉害。

我求你勿常与他为难。

伍斯特　　　（对霍茨波）确实，阁下，你太任性，

自来此地，

你言语举止，

逼他到了忍耐的极限。

你须力矫正此弊，

虽有时以此显勇壮刚，

赋予你一身风流倜傥，

却往往以粗暴无礼乖戾

倨傲自负骄矜为印象。

尊者如蒙此瑕疵些微，

即可失人心而玷清名，

纵然有美德，

不为人所见。

霍茨波　　　好，领教啦。愿你礼仪周全，平步青云！

太太们来啦，我们向她们辞行吧。

葛兰道厄偕二夫人上

摩提默　　　最恼懊之事莫过于我的夫人

不会英语，我不会威尔士语。

葛兰道厄　　我的女儿在哭泣，不忍同你道别，

她也要从军，与你共赴战场。

摩提默　　　　岳父大人，请告诉她，你很快
　　　　　　　　就送她和潘西姑母 [1] 与我们重聚。

葛兰道厄用威尔士语对摩提默夫人说话，她用威尔士语回答

葛兰道厄　　　她什么也不顾啦，太任性、
　　　　　　　　太固执的小女人，不可理喻。

摩提默夫人用威尔士语说话

摩提默　　　　我懂得你眼睛里的语言，
　　　　　　　　从这一双漫溢的天池里，
　　　　　　　　流出甘美的威尔士语泉，
　　　　　　　　我无所不解，因难为情，
　　　　　　　　我不便以泪眼还泪眼。

摩提默夫人再次用威尔士语说话

　　　　　　　　我懂你的吻，你懂我的吻，
　　　　　　　　这是情感的相诉与磋论。
　　　　　　　　可我绝不当懒学生，爱人，
　　　　　　　　我要学会你的语言，因为
　　　　　　　　你的唇舌令威尔士语甜美，
　　　　　　　　夏日亭榭里，丽曲婉转。

葛兰道厄　　　不可，你若洒男儿泪，她就会狂。

摩提默夫人再次用威尔士语说话

摩提默　　　　啊，我成了无知的化身，不知你所云！

葛兰道厄　　　她要你躺在茂密的芦苇上，
　　　　　　　　将头温存地倚在她的膝间，
　　　　　　　　她要唱你所喜欢的那首歌，

1　此处又是两个摩提默之间的混淆：潘西夫人（即霍茨波之妻）实际上是娶了葛兰道厄之女（即
　　霍茨波的姑母）的那个摩提默的妹妹。

> 让睡神降临你的眼睑，
> 愉人的沉困迷你之血，
> 造出醒与睡之间的差别，
> 恰如白昼之不同于黑夜，
> 那一刻天马拉太阳神之车
> 尚未从东方开始金色之旅。

摩提默　我一心一意坐下听她唱歌，
　　　　想必歌罢时盟约也已写成。

葛兰道厄　你且坐下，
　　　　三千里外的云中乐师，
　　　　将立即降临此地，
　　　　为你奏乐：你坐下聆听吧。

霍茨波　快来吧，凯特，你躺卧的姿势最美：快，快，赶紧躺下，
　　　　以便我的头靠在你的膝间。

潘西夫人　去你的，你这可笑的呆鹅！（乐声起）

霍茨波　我明白了，魔鬼懂得威尔士语[1]，难怪他脾气乖张。以圣母
　　　　的名义起誓，他是一流的乐师。

潘西夫人　那么你也居然懂音乐了，你的脾气真是完全不可捉摸。
　　　　安静躺着吧，捣蛋鬼，好好听这位夫人用威尔士语唱歌。

霍茨波　我宁愿听我的母狗"夫人"[2]用爱尔兰语[3]嚎叫。

潘西夫人　要我敲打你的脑袋吗？

霍茨波　不要。

潘西夫人　那就安静。

1　因为天上的精灵已经应葛兰道厄之召演奏音乐。
2　霍茨波的母狗名叫"夫人（Lady）"。
3　影射他的母狗是爱尔兰种。

霍茨波	也不要，那是女人的毛病。
潘西夫人	但愿上帝保佑你！
霍茨波	保佑上那个威尔士女人的床。
潘西夫人	说什么？
霍茨波	安静，她唱了。

摩提默夫人唱威尔士歌

霍茨波	（对潘西夫人）来，我要你也唱歌。
潘西夫人	我不会，真的。
霍茨波	你不会，真的？
	你发誓像糖果商之妻。
	"不骗你，真的"、"真实如吾命"，
	"如上帝佑我"、"确然如天日！"[1]
	诸如此类，未足凭信，
	好像你足未出过芬斯伯里。[2]
	凯特，贵妇发誓应铿然有声，
	不要开口闭口"真的"，
	把这些不冷不热的软话，
	留给穿天鹅绒绣边衣服
	和礼拜天着盛装的人。唱吧。
潘西夫人	我不唱。
霍茨波	当裁缝[3] 或当知更鸟的教师[4] 也不错啊。盟约写好之后两小时我就要出发，你愿意什么时候进来就什么时候进来吧。

1 霍茨波取笑当时流行的装腔作势的誓言。
2 芬斯伯里（Finsbury）：即芬斯伯里绿地（Finsbury Fields），伦敦城外有名的游乐之地。
3 据说裁缝善唱。
4 即教知更鸟唱歌。

下

葛兰道厄　　　嗨，摩提默，你磨磨蹭蹭，
　　　　　　　　性急如火的潘西要立即登程。
　　　　　　　　此时盟约既已写好，
　　　　　　　　我们就签字后上马即行。
摩提默　　　　唯愿如此。　　　　　　　　　众人下

第二场　　/　　第九景

王宫内
亨利四世、威尔士亲王及群臣上

亨利四世　　　各位贤卿，请暂且退下。
　　　　　　　　王子和我须私下晤谈。
　　　　　　　　请就近处稍候，
　　　　　　　　我会即刻宣见。　　　　　　　群臣下
　　　　　　　　我不知道是否是天意，
　　　　　　　　因我的所为忤逆上天，
　　　　　　　　天谴秘降我身，竟以
　　　　　　　　我的子嗣不肖而祸兴。
　　　　　　　　而你的行状使我相信，
　　　　　　　　你是天遣的灾星，
　　　　　　　　专为罚我的罪孽而生，
　　　　　　　　现世现报，天鞭无情。

　　　　　不然如此放纵低下的淫念、
　　　　　如此卑劣不堪的无耻行径、
　　　　　如此以无聊为乐而交滥友，
　　　　　怎能匹配你的高贵血统？
　　　　　怎能无愧你的皇族之心？

亨利王子　陛下请息怒，
　　　　　但愿我能洗雪
　　　　　自己的一切过失，
　　　　　可是我肯定能涤清
　　　　　加诸我身的许多罪名；
　　　　　然而祈陛下降恩于我，
　　　　　不要听信笑脸的谄媚者
　　　　　和无耻的造谣者的诬言，
　　　　　因流言必常入伟人之耳；
　　　　　我坦承我年少行为不端，
　　　　　乞陛下恕我一时之不检。

亨利四世　上天宽恕你！然而我很惊异，
　　　　　哈利，你的秉性和你的祖宗
　　　　　大相异趣。你的劣行已使你
　　　　　失去在枢密院的职位[1]，
　　　　　而由你的兄弟取而代之；
　　　　　宫廷和王族视你几为陌路。
　　　　　你的韶华期冀与前程已毁，
　　　　　国人心中揣测你末路已近。
　　　　　倘若我也像你一样招摇，

1　史传亨利王子因殴打大法官而被逐出枢密院。

与民过近反遭其轻慢，
结交滥友，身价自贬，
则拥我登上王位的舆情，
一定仍忠于前朝的旧君 [1]，
逐我草野，碌碌终生，
功业了了，寂寂无名。
而我深居简出，隐迹潜形，
一动则如彗星耀眼，
万众皆惊，争告其子：
"正是此人。"旁人则问：
"何处？哪一个是波林勃洛克？"
我以万般礼仪风度，
装点成谦谦君子，
当国君之面，我折服了人心：
为我欢呼，向我致敬。
如此，我长葆姿仪常新，
如教皇之袍服，
不引人翘首瞩目
我绝不轻易现身：
我之威仪因罕见而奢贵，
如盛宴以稀罕隆重取胜。
而荒佚之君不理国事，
倚恃浅薄弄臣之贫智，
其如槁木易燃易烬，
皇室之尊荣显贵，

---

1 指被废黜的理查二世。

混迹饶舌愚人中，
国君之威隆失尽，
插科打诨辱君之名分，
荒诞戏谑，逗乐失趣，
稚拙比喻，降身而趋；
他与市井小儿为伍，
同三教九流一气，
众目日日见惯他为常，
如饱食蜂蜜而厌甜腻，
多则滥饮无度而自损，
过犹不及则实为自失。
而当他正式与民相见，
则被视为六月的布谷，
听而不闻，视而不见，
熟而生厌，近而漠然，
无久违的太阳般威严，
在望眼里激起的仰盼。
出面太多，反遭人嫌，
人们当他的面闭睡眼，
眼睑沉沉，满脸厌倦，
如见仇人，怒目相看。
哈利，此乃你的处境，
因你结交乌合之众，
已失去王子之尊宠，
你的陋形恶行，
人人皆已厌见，
唯有我想多看见你，

两眼看你，身不由己，
痴情所致，泪眼迷离。

亨利王子　　我至亲至爱的父王，从今以后
我一定循规蹈矩，不辱王子身份。

亨利四世　　此刻的你正如当年的理查，
其时我从法国至雷文斯泊，
当年的我亦如今日的潘西。
以我的权杖和灵魂起誓，
他比你更有资格问鼎王位，
你只是徒有虚名的继承人；
他无名无分无倚仗，
却金戈铁马，驰骋疆场，
敢与精锐王师一争高下，
他的年龄与你相若 [1]，
却率老臣和可敬的主教，
共赴沙场，浴血鏖战。
举兵抗击名将道格拉斯，
斯人赢得了何等不朽威名！
军功累累，英勇善战，
在所有基督教王国中，
无可匹敌，独领风骚。
这霍茨波，年轻的战神，
初露头角的勇士，
却三次击败伟将道格拉斯，
一次将其生擒，而后释放，

1　史载霍茨波较王子年长二十三岁。

结为友，以显其强将风姿，
且撼动我的王位之泰安。
对此你有什么话可说？
潘西、诺森伯兰、
约克大主教、道格拉斯、
摩提默，结盟谋反我们。
可我为何告知你此讯息？
哈利，我为何向你提起
我的仇敌？你才是我的
最亲密最心爱之敌。
你出于奴性的畏惧、
卑劣的动机和激愤，
有可能反我而卖身潘西，
追随左右，唯命是听，
足显你何等的沦落卑贱。

亨利王子 父言差矣。你将发现实情并非如此。
那些蒙蔽圣聪诬陷我者，
愿上天饶恕他们吧！
我定要潘西偿还一切，
值载誉凯旋之日，
我身着血染的战袍，
血渍面容，几难辨认，
一经洗净，耻辱亦清，
那时我要放胆相告：
我是您的儿子。
这一天终将到来：
这集荣宠一身的骄子，

　　　　　　这勇武的霍茨波，
　　　　　　众口交赞的骑士不期
　　　　　　而直面您的无名哈利。
　　　　　　愿他的战盔载誉无数，
　　　　　　而我的头上双倍耻辱！
　　　　　　那一刻必将到来：
　　　　　　我要使这北方青年
　　　　　　以荣耀换去我的耻辱。
　　　　　　陛下，潘西仅代理我
　　　　　　囊括天下美名，
　　　　　　我全记清，要他归还，
　　　　　　点滴之誉，不容欠我，
　　　　　　否则我掏他的心索债。
　　　　　　皇天在上，我立此誓：
　　　　　　如我事成而身不死，
　　　　　　求陛下恕我不肖之过。
　　　　　　如事败则以死得解脱，
　　　　　　纵使我死十万次，
　　　　　　也不违此誓言之细微。

亨利四世　　此誓言可灭十万叛军：
　　　　　　你将受信任而担重任。

勃伦特上

　　　　　　怎么啦，勃伦特？你满脸急切的神色。

勃伦特　　我要禀告的事也同样急切。
　　　　　　苏格兰的摩提默伯爵已令
　　　　　　道格拉斯和英国叛军，
　　　　　　于本月十一日

会合于什鲁斯伯里。

如各方面依约行事，

这支叛军将强大而可畏。

亨利四世 威斯特摩兰伯爵今日已出发，

吾子兰开斯特勋爵约翰随行，

这已是五天前的消息。

哈利，下周三该你启程；

下周四我将率军亲征。

我们将在布里奇诺斯集结，

哈利，你须取道格洛斯特郡，

如此，大约十二天后，

各路大军将会师布里奇诺斯。

诸事繁忙，我们分头去办吧。

拖延误事，拱手送人良机。 众人下

第三场 / 第十景

依斯特溪泊酒店内

福斯塔夫与巴道夫上

福斯塔夫 巴道夫，自上次干了那勾当以来[1]，我是否衰萎得厉害？是
否消瘦了、憔悴了？咳，我的皮肤松弛像老太太穿的宽

---

1 指他们在盖兹山抢劫。

松外衣，全身枯缩像干苹果。嘿，我要忏悔，立即忏悔，趁我现在有力气赶紧忏悔。我很快就没这种兴致、没这心情来忏悔了。如我还没把教堂里是什么样子忘干净的话，我就是一粒干胡椒、一匹酿酒人的老马。教堂里面！都怪那一伙朋友，那伙恶友，把好端端的我毁了。

巴道夫　　　约翰爵士，你这样心性烦躁，会短命的。

福斯塔夫　　哇，你说到点子上了。快给我唱几句下流小调，让我快活快活吧。我本身是一个循规蹈矩的绅士，一向规规矩矩：难得赌咒，赌博嘛，一周不——不超过七次；逛窑子嘛，一刻钟不超过一次；借钱还债嘛，四次之中有三次还了的；日子过得满不错，中规中矩的。现在可乱套啦，不合规矩了。

巴道夫　　　嗨，约翰爵士，你胖成这样，肯定不合任何规矩了，超越一切合理的规矩了，约翰爵士。

福斯塔夫　　如果你修改你的脸，我就修改我的生活：你是我们的旗舰，明灯高悬，可是这灯挂在你的鼻子上 [1]，所以你是我们的"明灯骑士"。

巴道夫　　　嘿，约翰爵士，我的脸可没有犯着你啊。

福斯塔夫　　没有，我敢打赌。我利用你这张脸，正如许多人利用骷髅头：我一看见你的脸，就必然想起地狱烈火和身穿紫袍的富人炼烧在烈火中 [2]。如果你稍微有些德行，我会以你这张脸发誓，说："凭这团火发誓"。然而你完全堕落了，确实堕落了，除了脸上的亮光，你完全是一片黑暗。那天

1　巴道夫的鼻子因多饮而成酒糟鼻，故福斯塔夫有此语。

2　源自《圣经·新约·路加福音》第 16 章 19 至 31 节中的寓言：穿紫袍的富人见乞丐拉撒路（Lazarus）饿死而不救，被打入地狱烈火受炼狱之苦。

夜里你跑上盖兹山去捉我的马的时候，我确确实实把你当作一团鬼火了。啊，你这永恒的胜利之火，不灭的火炬！在黑夜里，你伴随我从一家酒店到另一家酒店，为我节省了一千马克的照明费。可是我买萨克酒给你喝的钱，足够在欧洲最贵的蜡烛店里买成捆成捆的蜡烛。这三十二年来，我随时都用火把你的这条火蜥蜴养得红亮红亮的[1]。为此，但愿老天保佑我啊！

巴道夫   我巴不得我的脸在你肚子里！

福斯塔夫   那我准得烧心。

老板娘奎克莉上

怎么样，母鸡夫人，你查到了谁掏过我的衣袋吗？

老板娘奎克莉   哎呀，约翰爵士，你想些什么呀？你以为我的店藏了一窝贼吗？我搜过了，查过了，我的丈夫也把一个个人、一个个孩子、一个个仆人查过了。我的店里以前连一根头发的十分之一都没有丢过的。

福斯塔夫   你撒谎，老板娘：巴道夫在这儿剃过头，丢了好多头发。我发誓我的衣袋就是在这儿被扒的。哼，妇道人家，闭嘴吧。

老板娘奎克莉   说谁？我？我不怕你。在自己家里从来没人骂我。

福斯塔夫   算啦，我把你这个人搞得清清楚楚。

老板娘奎克莉   不，约翰爵士，你并没有把我搞清楚，约翰爵士。我倒清楚你，约翰爵士：你欠我的钱，约翰爵士，现在找碴吵架，以便赖账。我给你买过一打衬衫哩。

福斯塔夫   粗麻布，脏兮兮的粗麻布衫，我给了面包师傅的女人，用来筛面粉。

---

1   福斯塔夫的意思是：他一直请巴道夫喝酒，喝出一个红酒糟鼻，状如火蜥蜴。

老板娘奎克莉　哎，我是老实女人，说老实话，那是八先令一厄尔[1]的荷兰上等麻布。你还欠店里的账，约翰爵士，饭钱、酒钱，加上借的钱，总共二十四英镑。

福斯塔夫　他也吃了喝了的，叫他还吧。（指着巴道夫）

老板娘奎克莉　他？我的天，他是个穷光蛋，一无所有。

福斯塔夫　怎么？他穷？看看他那张脸吧。你把什么叫有钱？他的鼻子、他的脸肥得可以铸钱。我半个子儿也不付。嘿嘿，你把我当傻小子哄吗？我住在旅店里也轻松不了，还要被人偷吗？我丢的那颗图章戒指是我祖父传给我的，值四十马克。

老板娘奎克莉　我听见王子对他说了不知多少次，告诉他那是只铜戒指！

福斯塔夫　怎么可能？那王子是个捣蛋鬼。如果他在这儿当着我的面说这些鬼话，我要用这柄权杖[2]像打狗一样打他一顿。

王子与皮多以行军步伐上，福斯塔夫以权杖作吹笛状迎见王子

　　　　　情况如何，年轻人？门口有风声了吗？我们都得齐步走了吗？

巴道夫　没错，两人一排，像新门监狱的囚犯那个样子。

老板娘奎克莉　王子殿下，请听我说。

亨利王子　你有什么话要说，奎克莉夫人？你的丈夫近来如何？我很喜欢他。他是个诚实的人。

老板娘奎克莉　殿下英明，听我说。

福斯塔夫　殿下别理她，听我说。

亨利王子　你有什么话要说，杰克？

福斯塔夫　几天前的一个晚上，我在酒店的墙帏后面睡着了，我的

1　厄尔（ell）：当时英国的长度单位，等于45英寸。

2　该权杖是福斯塔夫新获军职的象征。

衣袋居然被掏空了。这个地方简直成了淫窝，这些人就会偷鸡摸狗。

亨利王子　你丢了什么，杰克？

福斯塔夫　我说出来你相信吗，哈尔？我被偷了三四张银票，每张四十英镑，还丢了一颗我的祖父传下来的图章戒指。

亨利王子　那是个小玩意儿，大概就值八便士吧。

老板娘奎克莉　我就是这么对他说的，殿下；我说我听殿下就这么说的。殿下，他这个人嘴上无德，当时就对你破口大骂，还说要用棍子教训你。

亨利王子　什么？他不至于吧？

老板娘奎克莉　如我说谎，我就是无诚信无廉耻无节操的女人。

福斯塔夫　你不比一粒煮熟的梅子[1]更有诚信，也不比一只被追赶的狐狸更有廉耻。如果你有妇道可言，那玛丽安姑娘[2]也有资格当副区长夫人了。去你的，你这不是东西的东西，去吧。

老板娘奎克莉　说啊，什么东西？什么东西？

福斯塔夫　什么东西？哈哈，要感谢上天的那个东西。

老板娘奎克莉　我不是要感谢上天的那个东西，我要你明白这点。我是正派人的妻子，你不顾自己的骑士身份，这样骂我，你就是一个无赖。

福斯塔夫　不顾妇人身份，你否认你是个东西，那就是一头畜生。

老板娘奎克莉　说，什么畜生，你这无赖，无赖？

福斯塔夫　什么畜生？嘿嘿，一只水獭。

1　煮熟的梅子（stewed prune）：当时妓院常见的食品。

2　玛丽安姑娘（Maid Marian）：莫里斯舞（morris dance）和五朔节（May）游戏中一个男扮女装的浪荡角色。

亨利王子	水獭，约翰爵士？为什么是水獭？
福斯塔夫	为什么？她非鱼非肉，男人不知道到什么地方去搞到她。
老板娘奎克莉	你这样说太不公正，你或任何男人都知道到什么地方去找我，你这无赖，无赖！
亨利王子	你说的是实话，老板娘，他把你诽谤得太过分了。
老板娘奎克莉	他连你也要诽谤，殿下，那天他说，你欠了他一千英镑。
亨利王子	老家伙，我欠你一千英镑吗？
福斯塔夫	一千英镑，哈尔？一百万。你的爱值一百万，你欠我的是你的爱。
老板娘奎克莉	殿下，他还骂你，说他要用棍棒教训你。
福斯塔夫	我说过这话吗，巴道夫？
巴道夫	确实，约翰爵士，你这样说的。
福斯塔夫	不错，如果他说我的戒指是铜的话。
亨利王子	我说你的戒指是铜的，你现在敢说到做到吗？
福斯塔夫	嘿，哈尔，你是知道的，如果你只是一个凡人，我敢。可是你是王子，我怕你就像怕幼狮咆哮。
亨利王子	为什么我不是狮子？
福斯塔夫	国王本人才应该像狮子一样令人畏惧：难道你认为我要像怕你父亲一样怕你吗？不行，那样的话，我的腰带要断[1]。
亨利王子	啊，要是你的腰带真的断了，你的内脏就会掉到你的膝盖上！可是，老家伙，你的心胸里容不下诚信和真理，因为那里面塞满了五腑六脏。你居然指责一个诚实的妇人掏你的衣袋？你这厚颜无耻、脑满肠肥的无赖，如果你的衣袋里有什么东西的话，那只有酒店的账单、妓院

---

1 据民谚，腰带断是厄运的征兆。

的收据和一颗保持你精力不衰的廉价的糖。除此以外，你的衣袋里如果还有任何值钱的东西的话，我就是一个恶棍。然而你却怨声载道，不肯认输。你不觉得羞耻吗？

福斯塔夫　你听我说吗，哈尔？你知道，在纯真无邪的人初之年，亚当也堕落了，在如今这坏人当道的年代，可怜的杰克·福斯塔夫有何能耐？你以为我身上的肉比别人多，所以我的意志就比别人薄弱[1]。你承认是你掏了我的衣袋吗？

亨利王子　据说是这样。

福斯塔夫　老板娘，我原谅你。去吧，备好早餐，侍奉丈夫，管好仆人，善待宾客。我这个人是通情达理的。你知道我一向心平气和。好啦，请下去吧。（老板娘下）——哈尔，谈谈宫中的消息吧：年轻人，那件抢劫案是如何了结的？

亨利王子　啊，我的鲜美的肥牛肉先生，我仍然必须做你的护卫天使。那笔钱财已经物归原主了。

福斯塔夫　啊，我不喜欢就这样还了，简直是双倍的徒劳[2]。

亨利王子　我已经同父王言归于好了，我无所不能。

福斯塔夫　那第一件事我要你去抢国库，把它洗劫一空。

巴道夫　干吧，殿下。

亨利王子　杰克，我为你谋到一个军职，指挥一连步兵。

福斯塔夫　是骑兵就好啦。我到哪里去找一个能偷善盗的高手？我急需一个二十二岁左右、本领高强的劫贼。嗨，我要为

1　此处福斯塔夫影射《圣经·新约·马太福音》第 26 章 41 节中的名句："肉体是脆弱的"（the flesh is frail）。

2　指先抢后还。

这些叛军感谢上帝，他们冒犯的只是正人君子之流。[1] 我
赞美他们，我颂扬他们。

亨利王子	巴道夫。
巴道夫	殿下？
亨利王子	（递信）把这封信送交我的兄弟

兰开斯特的约翰殿下。

这一封送威斯特摩兰爵爷。——　　　　　　　巴道夫下

皮多快牵马来，你和我

午饭前要赶三十里路程。——　　　　　　　皮多下

杰克，明天下午两点，

你到圣堂大厅来见我，

接受你的任命并领军饷。

战火燃烧，潘西嚣张，

不是彼死，就是我亡。　　　　　　　　　亨利王子下

福斯塔夫　　豪言壮语！精彩人间！老板娘，我的早饭，快！

啊，但愿这酒店就是我的咚咚战鼓！[2]　　　　　下

---

1 指叛军发动战争，给窃贼和投机者提供了大好良机。
2 福斯塔夫不想离开酒店上战场，故发此愿。

第四幕

第一场 / 第十一景

什鲁斯伯里附近叛军营地

哈利·霍茨波、伍斯特与道格拉斯上

霍茨波　　　高论，高贵的苏格兰人。

如浮靡之世不以实话为谄，

道格拉斯当居之隆誉，

非当今从武之人堪与比肩。

皇天在上，我不会恭维，

我反感巧言令色之徒。

唯你是我衷心敬重之人，

当今之世，无人可比。

我非虚言，将军可察。

道格拉斯　　你高居荣宠之巅：

世间余者，纵权势倾天，

我也敢捻他的虎须玩玩。

一信差上，持信函

霍茨波　　　真豪壮之举。——

什么信函？——我对你深表谢意。

信差　　　　这些是令尊的书信。

霍茨波　　　他的信？他为何不亲自来？

信差　　　　他来不了，爵爷，他大病不起。

霍茨波　　　怎么？在此紧急关头，

　　　　　　　他竟有闲心生病？
　　　　　　　谁指挥军队，带兵到此？
信差　　　　他在信中写明一切，非我所知。
伍斯特　　　请你告诉我，他现在卧床不起吗？
信差　　　　爵爷，我出发前他已四天卧床不起，
　　　　　　　在我动身来此之时，
　　　　　　　他的病情令医生忧心如焚。
伍斯特　　　但愿他病倒之前，
　　　　　　　诸事已先安排妥当：
　　　　　　　他的健康关系我等安危。
霍茨波　　　此刻生病？此刻倒下？
　　　　　　　病患危及我们的伟业，
　　　　　　　传染至此，祸及军营。
　　　　　　　他写道他沉疴在身——
　　　　　　　托友人代理也难应急，
　　　　　　　而如此危重之军务，
　　　　　　　非己亲为，无人可托。
　　　　　　　但他嘉勉我们矢志而为，
　　　　　　　联合众小友军毅然举事，
　　　　　　　且看我们的命运如何，
　　　　　　　如他在信中所言，
　　　　　　　因为我们的退路已断，
　　　　　　　国王已确知我们的图谋。
　　　　　　　对此你有何见教？
伍斯特　　　令尊之疾，伤及我们。
霍茨波　　　一道致命伤，断我一臂：
　　　　　　　然而实际上不尽然。

他此次缺席，似含深意。
倾全部赌注于一掷，
押所有身家于莫测之险，
是为兵家之良策吗？
此乃大忌，这无异于
将我们心怀的希冀、
我们的身家和底细，
和盘托出，披露无遗。

道格拉斯　妙着，我们应依此行事，
现在留下一手后招，
然后全力以赴沙场，
为希望之果而战，
退则有据，伺机再起。

霍茨波　如魔鬼和厄运交加，
致使我军出师不利，
我们也有避难之所。

伍斯特　然而我唯愿令尊在此，
于此事必大有裨益。
此举险峻，生死攸关，
不容内隙，千万谨慎。
有人以为伯爵不参与，
出于其睿智、忠君、
反感我们的行径之故。
疑虑可能离间我军心，
动摇共举伟业的信念。
如你所知，作为攻方，
我们应力避世人耳目，

　　　　　　　　堵塞所有缝隙和漏洞，
　　　　　　　　以防理智的目光窥探：
　　　　　　　　令尊缺席，如掀帷幔，
　　　　　　　　显露骇人听闻之内幕，
　　　　　　　　其为无知者未曾梦见。

霍茨波　　　你言过了。我宁愿无他，
　　　　　　　　我们的壮举更增光添誉，
　　　　　　　　彰显我们有盖世的勇气，
　　　　　　　　因为人们必然这样想，
　　　　　　　　无他之助，我们尚且能
　　　　　　　　募集大军，与王国抗衡，
　　　　　　　　若得他之助，我们定将
　　　　　　　　王国推翻，改朝换代。
　　　　　　　　目前诸事遂意，各位安康。

道格拉斯　　但愿如此。在苏格兰，
　　　　　　　　梦中也不会提起恐惧二字。

理查·凡农爵士上

霍茨波　　　凡农，我的表兄，衷心欢迎你！

凡农　　　　上帝保佑，我带来的消息也值得欢迎，将军。
　　　　　　　　威斯特摩兰伯爵率七千之众，
　　　　　　　　与约翰王子，正向此地进发。

霍茨波　　　这无关紧要，还有其他消息吗？

凡农　　　　我还获悉：
　　　　　　　　国王已出发，御驾亲征，
　　　　　　　　正率师疾速奔袭此地，
　　　　　　　　兵强马壮，声势浩大。

霍茨波　　　我也欢迎国王驾到。

　　　　还有威尔士亲王、

　　　　他那狂野倨傲之子呢？

　　　　亲王那帮放浪滥友呢？

凡农　个个戎装威武，兵甲坚利，

　　　　冠羽鲜丽如鸵鸟迎风，

　　　　金甲闪亮如新沐之鹰，

　　　　气宇轩昂如五月之天，

　　　　辉煌耀眼如仲夏之阳，

　　　　欢悦如小山羊，

　　　　狂浪如小公牛。

　　　　我看见年轻的哈利

　　　　头盔在顶，腿甲护膝，

　　　　潇洒如插翅的墨丘利[1]，

　　　　从地上一跃而上马背，

　　　　恍如云中天使降临，

　　　　驾驭烈马珀伽索斯[2]，

　　　　骑术高超，惊惑世界。

霍茨波　够了。你的赞辞比三月的太阳

　　　　更易引发疟疾的寒战。让他们都来吧。

　　　　打扮得衣冠楚楚，好做祭品牺牲，

　　　　我要把他们热血淋漓地奉献给

　　　　硝烟滚滚火眼灼灼的战争女神；

　　　　战神披甲祭坛上，身浸祭血之中；

1　墨丘利（Mercury）：罗马神话中众神的信使，形象通常为头戴插有双翅的帽子、脚穿带有双翼的飞行鞋。

2　珀伽索斯（Pegasus）：希腊神话中生有双翼的天马。

祭品如此丰盛，近在咫尺，

却可闻不可即，令我急不可待。

快，我要跨马疾驰，

如霹雳直击威尔士亲王之心，

且看哈利战哈利，

烈马对烈马，

不斗个你死我活，不收兵。

啊，但愿葛兰道厄现身！

凡农　　　还有消息奉告：

我骑马经过伍斯特镇[1]，

听说葛氏十四天内难以集结军队。

道格拉斯　这可是迄今听到的最坏消息。

伍斯特　　唉，凭良心发誓，这消息听起来寒心。

霍茨波　　国王总共有多少人马？

凡农　　　三万。

霍茨波　　就算他四万吧。

我父亲和葛兰道厄都不来，

我的兵力也足可应对大战。

好啦，赶紧集结军队决战：

末日已近，死也死个痛快。

道格拉斯　休言死。这半年里，

我已将死置之度外。　　　　　　　　　**众人下**

1　伍斯特镇（Worcester）：塞文河畔一城镇。

第二场 / 第十二景

路上 [1]

福斯塔夫与巴道夫上

福斯塔夫 巴道夫，你先去考文垂，给我买一瓶萨克酒。我们的军队要经过那里，今晚抵达萨顿科尔德菲尔德 [2]。

巴道夫 你给我钱吗，长官？

福斯塔夫 你给我付，你给我付吧。

巴道夫 买这瓶酒要一个金币哩 [3]。

福斯塔夫 如果值那么多，那这酒瓶就赏给你当跑路费吧。如果值二十个金币，也全赏给你。至于金币是真是假，我来负责。传我的副官皮多到城边来见我。

巴道夫 我照办，长官。再见。　　　　　　　　　　　　　下

福斯塔夫 如果在我的士兵面前我不汗颜的话，那我可就是一条腌鱼了。我他妈的滥用国王的征兵权，用一百五十个士兵换了三百多英镑。[4] 征兵时，我专拣那些家财殷实的人、小地主的儿子之类，到处打听那些已经发了两次结婚预告的已订婚的单身汉 [5]。诸如此类的养尊处优的家伙，宁愿听魔鬼叫，也不愿闻战鼓响；炮声一响，比挨打的鸡、

---

1 他们也许正行进在一条叫"沃特灵街"（Watling Street）的罗马大道上，此路由伦敦至什鲁斯伯里，途经靠近埃文河畔斯特拉特福（Stratford-upon-Avon）的中部城市考文垂（Coventry）。

2 萨顿科尔德菲尔德（Sutton Coldfield）：沃里克郡（Warwickshire）一城市，在考文垂西北二十英里处。

3 当时在英国一金币（angel）价值在六先令八便士到十先令之间。

4 福斯塔夫允许那些有钱人交钱逃避兵役。

5 英国旧时新人结婚必须在教堂里连续三个礼拜发结婚预告。

受伤的野鸭还要害怕。我专挑这些胆小鬼征兵，他们的心都装在肚子里，不比针尖大，宁愿出钱，不愿当兵。现在我的队伍里就是些扛军旗的胡子兵、下士、副官、无军衔的文职兵，一个个衣不蔽体，像遍身生疮、被狗舔的叫花子；他们从来没当过兵，不过是些被解雇的不忠实的仆人、小兄弟的小儿子[1]、逃跑的酒保学徒、失业的马夫，这么一群太平盛世盛产的痈疽和寄生虫，比一面又旧又破的烂军旗还要丢人现眼十倍；这就是我的队伍，用来顶替出钱免役的人；一见之下，你会以为我收罗的这一百五十个衣不蔽体的浪子刚才还在替人看猪、吃糠咽菜过日子。路上碰见一个人，疯疯癫癫地对我说，我把所有绞刑架上的吊死鬼都放下来当兵了，从来没有见过这么瘦的人。我不会同这些兵一起经过考文垂，这毫无疑问。而且，有些坏蛋走路时，两腿又得很开，好像戴着脚镣；确实，他们中大多数都是我从牢房里弄出来的。我的队伍里连一件半衬衫也没有，那半件是两条餐巾缝起来的，披在肩上，像传令兵的无袖外衣；而那一件衬衫是从圣奥尔本斯[2]的店主，就是达文特里[3]那个红鼻子旅店的店主那里偷来的。不过那也没关系，他们会从每一家人的篱笆上找到衣服穿。

王子与威斯特摩兰上

亨利王子　　怎么样，胖杰克？怎么样，厚肉墩？

福斯塔夫　　嗨，哈尔？怎么啦，你这油腔滑调的小子？你在沃里克

1　即无希望继承遗产的人。

2　圣奥尔本斯（St Albans）："沃特灵街"大道沿线一城镇，在伦敦以北约二十五英里处。

3　达文特里（Daventry）：北安普敦郡（Northamptonshire）一城市，位于考文垂东南。

郡干什么？——威斯特摩兰伯爵，恕我冒昧，我以为大人你已经在什鲁斯伯里哩。

威斯特摩兰　的确，约翰爵士，我早该在那里了，你也一样，可是我的军队已到那里了。实言相告，国王正等着我们哩。我们必须连夜火速启程。

福斯塔夫　啧，别担心我。我的警觉性同偷奶油的猫一样高。

亨利王子　我看你的确偷了奶油，因为你的偷窃使你肥得流油啦。告诉我，杰克，跟在你身后的都是谁的人？

福斯塔夫　我的，哈尔，我的人。

亨利王子　我从未见过如此可怜的瘪三。

福斯塔夫　嘿嘿，拉去送死，让刀戳剑捅，这样的货色也够好了。反正是当炮灰嘛，死了填万人坑同好人没有区别。咳，老兄，人皆难免一死，难免一死。

威斯特摩兰　这个，约翰爵士，我看这些人太穷了，衣不蔽体，真够受，简直就是一群叫花子。

福斯塔夫　说老实话，说到他们的贫穷，我不知道他们怎么弄得这么穷的；至于他们真够"瘦"，我敢肯定他们没有学我的榜样。

亨利王子　我敢发誓，肯定没有学你的样，除非你把肋骨上膘厚三指还称为瘦。可是，老家伙，赶紧点吧，潘西已经上战场了。

福斯塔夫　怎么，国王已经安营扎寨了吗？

威斯特摩兰　是的，约翰爵士。恐怕我们拖延得太久了。

福斯塔夫　嗬，

战斗的尾声、盛宴的开场，

最适合打仗的懒汉、吃喝的先锋。　　　　　众人下

第三场 / 第十三景

什鲁斯伯里附近的叛军营地

霍茨波、伍斯特、道格拉斯与凡农上

霍茨波　　　我们今夜将同他 [1] 开战。

伍斯特　　　不可。

道格拉斯　　不开战等于给他机会。

凡农　　　　一点也不。

霍茨波　　　你为何这样说？他看起来不是在等待增援吗？

凡农　　　　我们也在等啊。

霍茨波　　　他的增援必到，而我们的还是未可知之数。

伍斯特　　　贤侄听我一言，今晚勿动。

凡农　　　　不宜行动，将军。

道格拉斯　　你们净出馊主意，
　　　　　　　完全出于心虚胆怯。

凡农　　　　不要出言不逊，道格拉斯：
　　　　　　　我以生命起誓，敢以生命相许，
　　　　　　　如果经过深思熟虑，
　　　　　　　荣誉指令我行动，
　　　　　　　我同将军你和任何一个
　　　　　　　苏格兰人一样无所畏惧。
　　　　　　　谁害怕，明日战场见分晓。

道格拉斯　　好，说不定就在今晚。

---

1 "他"指亨利四世。

凡农	赞成。
霍茨波	我说的是今晚。
凡农	不行，不行，这不可能。
	我不明白伟大如二位首领，
	居然不能预见掣肘我们
	快速行动的障碍：
	我表兄的骑兵未到，
	你叔父伍斯特的骑兵
	今天才到，筋疲力尽，
	长途劳顿，萎靡不振，
	精力不如平常四分之一。
霍茨波	敌军的骑兵也是如此，
	因长途跋涉而疲惫，
	我们的则多数已休整。
伍斯特	国王的人马超过我们，上帝在上，
	侄儿，等我军集结齐备再战。（号角声起，吹谈判信号）

华特·勃伦特爵士上

勃伦特	我带来国王的优厚条件，
	如各位恭聆，我即宣示。
霍茨波	欢迎，华特·勃伦特爵士，
	愿上帝使你与我们同心。
	我们中颇有人对你敬仰，
	有人嫉羡你的丰功威名，
	因为你与我们意趣相悖，
	对立如寇仇，形同歧路。
勃伦特	只要你们逾越名分而不忠，
	反叛奉天承运的一国之君，

上天佑我的立场矢志不移。
今我奉王命而来询问你们，
究竟有何种怨恨，
积郁深藏在心间，
致使你们如此大动刀兵，
扰乱天下，啸聚贼人。
陛下圣明，知你们功高，
如陛下有所疏忘怠慢，
你们可以开言申诉，
你们可以如愿以偿，
叛罪可以赦免，
从者免予追究。

霍茨波　　陛下仁爱，知道何时许诺、
何时践诺。我父亲、叔父
和我鼎力助他登今日高位；
当初他随从不足二十六人，
潦倒落魄，备受冷眼，
放逐他乡 [1]，暗中潜回，
我父亲迎他上岸归国。
他对天发誓回国只为
继承兰开斯特公爵之位，
讨回他名下的财产封地，
求得安宁，与人无争；
他说得声泪俱下，

1　理查二世放逐了亨利·波林勃洛克，亨利父亲死后，亨利返回英国，但理查二世已剥夺了应
　　由他继承的土地和封号。

真切诚恳，忠心可掬，
我父亲深为感动，
誓言相助，说到做到。
见诺森伯兰与他交笃，
王公贵族争相礼遇他，
或迎迓于城镇乡村，
或恭候于桥头巷陌，
赠他厚礼，许以忠心，
献其子孙为他的童仆，
于华服人众中侍候他。
贵者自知其贵，
难掩勃勃野心。
早已忘记失意之时，
在荒凉的雷文斯泊岸，
向我父亲的信誓旦旦；
一改初衷，啸嚷革新，
对重压民众的苛法，
对贪赃枉法的乱政，
他疾声抨击，俨然
为国难悲泣之状，
以正义面孔赢得人心，
正是他孜孜所求。
之后更进一步，趁国王
亲征爱尔兰之机，
他杀了国王的宠臣。

勃伦特　　咳，我不是来听你这番言辞的。
霍茨波　　我马上就触及要害。

不久他就废黜了国王，
之后他就谋害了国王，
然后施暴政于国中。
更祸及亲戚马奇伯爵[1]，
任其兵陷威尔士被俘，
拒付赎金，见死不救；
按资历，马奇该为王。
我打胜仗反被他贬辱，
并罗织罪名陷害我；
斥我叔父并逐出枢密院；
将我父亲厉声喝退宫廷。
他屡屡毁誓，劣迹斑斑，
逼我太甚，为保性命，
我们不得已兴兵防范；
再则他窃据非分王位，
霸占已久，唯我独尊。

勃伦特　　我就如此回禀陛下吗？

霍茨波　　不，华特爵士。
容我们商议，你回复王上，
为保使节安全，
我们要人质，明早我叔见他，
即告知我方意图。再会。

勃伦特　　但愿你领受王上的恩泽。

霍茨波　　我们可能会。

勃伦特　　老天保佑，愿你如此。　　　　　　　　众人下

1　马奇伯爵即埃德蒙·摩提默。

第四场　/　第十四景

具体地点不详，也许在约克大主教的府邸
约克大主教与迈克尔爵士上 [1]

约克大主教　　（递过一信）快，迈克尔爵士，
　　　　　　　飞速送此密函至司仪官，
　　　　　　　另函送我堂弟斯克鲁普，
　　　　　　　余件依名分送。你会疾往，
　　　　　　　如你知道此函何等重要。

迈克尔爵士　　主教大人，
　　　　　　　我能揣测函中大意。

约克大主教　　你可能猜中了。
　　　　　　　迈克尔大人，
　　　　　　　明天攸关万人之命运，
　　　　　　　我确知，在什鲁斯伯里，
　　　　　　　国王率一支急募的大军，
　　　　　　　与哈利将军 [2] 兵戎相见。
　　　　　　　兵力最强的诺森伯兰，
　　　　　　　因病不能出征，
　　　　　　　主将葛兰道厄，
　　　　　　　因凶兆迟疑不决。
　　　　　　　二人既缺，如失强臂，

1　迈克尔爵士（Sir Michael）：此人可能是一个牧师或骑士，"爵士（sir）"可以作为对教会人士的敬称。
2　即霍茨波。

> 以潘西之力，
> 恐独木难支，
> 难以抗衡国王的劲旅。

迈克尔爵士　嗨，主教大人，不必过虑。
　　　　　　　有道格拉斯和摩提默伯爵。

约克大主教　不，摩提默不在。

迈克尔爵士　可是还有摩代克，凡农，
　　　　　　　潘西将军，伍斯特伯爵，
　　　　　　　有一支勇士和英才之师。

约克大主教　说得对。
　　　　　　　但国王荟萃了全国军事精英：
　　　　　　　威尔士亲王，还有兰开斯特王子，
　　　　　　　威斯特摩兰威重，勃伦特骁勇，
　　　　　　　连同众多名将勇兵，
　　　　　　　久经沙场，能征惯战。

迈克尔爵士　毫无疑问，主教大人，国王必逢劲敌。

约克大主教　我希望如此，不过担心难免。
　　　　　　　为防不测，迈克尔大人赶快；
　　　　　　　如潘西败，国王将乘胜击我，
　　　　　　　因他已获知我们是同谋共举，
　　　　　　　增强实力以抗御，是为良策。
　　　　　　　你作速送达信函。为求支持，
　　　　　　　我必须再修书致友。
　　　　　　　再会，迈克尔大人。　　　　　　　同下

第 五 幕

第一场 / 第十五景

什鲁斯伯里附近的国王军营

亨利四世、亨利王子、兰开斯特勋爵约翰、威斯特摩兰伯爵、华特·勃伦特爵士与福斯塔夫上

亨利四世　　多么血红的太阳初升在

远处丛林浓密的山上！

白昼因其病态而显憔悴。

亨利王子　　南风呼呼吹来，

奏鸣今日意向。

风吹树叶空响预示风暴，

喧嚣之日，风雨咆哮。

亨利四世　　让老天怜悯失败者吧，

胜利者眼中无阴霾。（号声起）

伍斯特与凡农上

怎么样，伍斯特伯爵？

你我此时相见不合时宜。

你辜负了我的信任，

使我脱下和平的轻衫，

老迈的躯体重披戎装；

这不妙，伯爵，不妙。

你怎么说？你愿解开

可恶可恨的战争之结，

重回忠臣之道如星辰，

一如既往发祥瑞之光，

不再如流星扰乱天宇，

如令人惶恐的异类，

如灾祸临头的凶兆？

伍斯特　　　陛下请听：

就我本人而言，

安度余生足矣，

我要申明：今日为仇，

实非我本意所求。

亨利四世　　非你本意所求？那何至于此？

福斯塔夫　　反叛载于途，他顺便就找到了。

亨利王子　　住嘴，乌鸦嘴，住嘴！

伍斯特　　　陛下将宠幸从我及家人别移，

乃陛下私心所悦；

然我须提醒陛下，

我们曾是你最初的挚友。

为了你，我毅然舍弃了

理查王朝的官位，

星夜兼程，迎你于途，

吻手致意，当时的你，

势弱位卑，远逊于我。

是我、我之兄及其子，

冒天下之大不韪，

遑能斗胆，拥戴你回国。

在唐克斯特[1]对我们发誓，
你绝无误邦祸国之居心，
只为继承冈特予你的
兰开斯特公爵之爵位和封地。
为此，我们发誓相助。
好运如甘霖蓦然降临，
权势接踵，加于你身——
一则有我们的力助，
一则国王不在国内，
世道纷扰，天下不宁，
你表面上所受的委屈，
战事不利使国王深陷
爱尔兰战争长久难归，
以致全英国传他已死——
诸多良机，为你所用，
乘势而上，篡夺大权，
将唐克斯特誓言尽忘，
我们扶持你，你却负义，
如布谷幼鸟凶狠占巢，
把抚养它的麻雀赶跑；
你被我们养成庞然大物，
我们中的爱你者也不敢
近你身旁，恐被你吞掉。
为自保，展开轻捷之翅，
我们被迫远避你的锋芒，

---

1 唐克斯特（Doncaster）：英格兰东北部一城市。

　　　　　　　集结这支军队以暴抗暴，
　　　　　　　如你以阴险无情的手段，
　　　　　　　对待我们，背信弃义，
　　　　　　　机关算尽，翻云覆雨，
　　　　　　　践踏承诺，食尽前言。
亨利四世　　这些煽惑蛊众之言，
　　　　　　　你们在集市上鼓吹，
　　　　　　　在教堂里疾声呼喊，
　　　　　　　以招摇的丽彩，
　　　　　　　涂饰反叛外衣，
　　　　　　　以取悦无操守的小人，
　　　　　　　招徕失意的不满之徒，
　　　　　　　他们闻骚乱而喜庆；
　　　　　　　叛乱总要涂抹些颜料，
　　　　　　　以蛊惑大众而欺世，
　　　　　　　乞丐也唯恐天下不乱。
亨利王子　　如双方交战，代价惨重。
　　　　　　　请告令侄，我威尔士亲王，
　　　　　　　如同世人交赞之口，
　　　　　　　也称誉亨利·潘西：
　　　　　　　以我灵魂得救之希望起誓——
　　　　　　　此次兴师并非问罪于他——
　　　　　　　我认为当今之世，
　　　　　　　无人比他更勇武豪壮、
　　　　　　　年轻有为、血气方刚，
　　　　　　　能以显赫的丰功伟绩，
　　　　　　　为当朝添彩增光。

　　　　　　　至于我，说来惭愧，
　　　　　　　疏懒于骑士之道，
　　　　　　　听说他也如此看我。
　　　　　　　然而我当着父王的面说：
　　　　　　　我诚服他的威名和隆誉，
　　　　　　　为避双方洒无辜之血，
　　　　　　　我愿与他独斗以决雌雄。

亨利四世　　威尔士亲王，尽管有顾虑，
　　　　　　　我仍然斗胆容你冒险。
　　　　　　　不，伍斯特，我爱人民；
　　　　　　　即使被令侄误导者，
　　　　　　　我也一样爱他们。
　　　　　　　如愿接受我之恩典，
　　　　　　　他，他们，还有你，
　　　　　　　对，每一个人都将
　　　　　　　重新与我结谊为友。
　　　　　　　就这样转告令侄吧，
　　　　　　　定夺之后再回复我。
　　　　　　　如他拒降，严惩必至。
　　　　　　　去吧，不必立即答复。
　　　　　　　我们宽厚，望慎思。　　　　　　　*伍斯特与凡农下*

亨利王子　　我以生命起誓，条件不会被接受。
　　　　　　　道格拉斯与霍茨波合流，
　　　　　　　自信敢与天下为敌。

亨利四世　　所以各将领随时待命，
　　　　　　　他们拒降，立即进攻；
　　　　　　　上帝护佑我们的正义师！　　*除王子与福斯塔夫外均下*

福斯塔夫	哈尔，如果你看见我在战场上倒下，你就跨在我身上掩护我吧，就是这样 [1]：这就叫交情啊。
亨利王子	只有石头巨神像 [2] 有能力为你尽这份交情。快祷告吧，再见。
福斯塔夫	这个时候是上床睡觉的时间就好了，哈尔，一切平安。
亨利王子	嗨，你还欠老天爷一个死。 亨利王子下
福斯塔夫	这笔账还没有到期。到期之前我决不愿还老天爷这笔账。在他点我的名之前，我有什么必要急着去？得啦，这不要紧，荣誉激励我勇往直前。可是如果我勇往直前，荣誉把我报销了，怎么办？如何是好？荣誉能接好断腿吗？不能。能接好断臂吗？不能。能解除伤痛吗？不能。那么荣誉对外科医术一窍不通吗？一窍不通。荣誉是个什么东西？一个词儿。"荣誉"一词是什么？空气。算计得真妙！谁得到荣誉？礼拜三死去的人。他感觉得到荣誉吗？没有。他听得到荣誉吗？没有。那么荣誉是不可感知的？对，对于死人是不可感知的。可是荣誉会与生者共存吗？不。为什么？诽谤与荣誉势不两立。所以我不要什么荣誉。荣誉不过是一块饰有纹章的铭牌罢了：就这样，我的教理问答完了。 下

1 也许福斯塔夫在向哈尔比画怎么做。
2 指罗得岛上的阿波罗巨石像，横跨在入港口。

第二场 / 第十六景

什鲁斯伯里战场附近的叛军营地，后转为战场

伍斯特与理查·凡农爵士上

伍斯特 啊，不，理查爵士，不能让我的侄儿知道
国王提出的这个慷慨而优渥的条件。

凡农 还是让他知道的好。

伍斯特 那样我们全完蛋了。
国王守诺善待我们，
绝不可能，他会永远怀疑我们，
借别的过错寻机，
惩罚我们的叛罪。
我们将终身被人眼紧盯；
叛逆者如狐狸不被信任，
虽如此驯良，视若宠物，
闭门豢养难改祖传野性。
无论我们面露悲或喜，
我们都会被误会曲解；
我们如养在棚里的牛，
喂得越好，死期越近。
我侄儿之罪可能被淡忘，
因他年轻气盛被人原谅，
这是他的别名享有的特权，
鲁莽的霍茨波生性就孟浪：
于是所有的罪过就会算在

我的名下和他的父亲头上。

我们的确诱使他上了歧路，

既为祸首，我们罪责难逃。

所以，贤侄，切勿让哈利

知道国王许以的优厚条件。

凡农　你爱怎么说就怎么说吧，

我随声附和就是。你的侄儿来了。

霍茨波与道格拉斯上

霍茨波　我的叔叔回来了。

把威斯特摩兰伯爵放了[1]。——

叔叔，有何消息？

伍斯特　国王要对你立即开战。

道格拉斯　就叫威斯特摩兰伯爵带给他我们的强硬回应吧。

霍茨波　道格拉斯将军，你去告诉他带话回去。

道格拉斯　嘿，非常乐意，我这就去。　　　　　　道格拉斯下

伍斯特　国王无任何善意的表示。

霍茨波　你向他乞求善意？但愿你没有这样做！

伍斯特　我不失尊严，陈诉我们的积怨，

斥他毁誓弃约，他却辩解，

口口声声自诩守诺如当初。

他骂我们是大逆不道之徒，

要倾力灭我们可恨的家族。

道格拉斯上

道格拉斯　披挂上阵，先生们！

我向亨利王下了无畏的战书，

1　威斯特摩兰作为担保人被扣押以保证伍斯特平安归来。

叫获释人质威斯特摩兰捎给他，

他别无选择，会很快开战。

伍斯特　威尔士亲王曾在国王面前，

挑战同你只身独斗，侄儿。

霍茨波　啊，但愿这场争斗只在两人之间，

今天无其他人卷入流血殒命之争，

只有我和哈利·蒙茅斯[1]决一死战。

告诉我，他挑战我的语气是否轻蔑？

凡农　以我的灵魂起誓，

一点也无轻蔑之意。

挑战如此谦卑，

为我平生未闻，

除非兄弟之间比试武艺，

以决孰高孰低。

他向你示以男人所有的尊重，

以王子之口，对你称颂备至，

谈及你的才德之胜，

如引经据典，褒赞不已，

纵言辞之盛，难喻你之万一。

而以王子之尊，他自谦自责，

虚抛韶华时光，气度之优雅，

似兼具师长和学生双重气质。

他的话仅止于此。但我告诉世人，

如他有幸逃过今日刀兵之劫，

1　蒙茅斯（Monmouth）为王子的别名，因蒙茅斯城位于英格兰与威尔士的边境，是王子的出生地。

　　　　　　　　他就是英国历来最美好希望，
　　　　　　　　尽管他的放浪被人如此误解。
霍茨波　　　　兄弟，我看他的傻气迷住了你：
　　　　　　　　我平生从未听说过，
　　　　　　　　哪个王子如此荒诞。
　　　　　　　　但无论他如何，今夜之前
　　　　　　　　我要用一个军人的臂膀拥抱他，
　　　　　　　　他将折服在我的隆情重礼之下。
　　　　　　　　快拿起武器，伙计们，兵士们，
　　　　　　　　朋友们！我没有雄辩的口才，
　　　　　　　　滔滔不绝煽动你们热血沸腾，
　　　　　　　　你们最好自己考虑该干什么。

一信差上

信差　　　　　将军，这是你的信函。
霍茨波　　　　我此刻无暇读信。
　　　　　　　　啊，先生们，人生短促！
　　　　　　　　而虚度一生的光阴，
　　　　　　　　却令人感觉漫长无比，
　　　　　　　　即使一生缩短为一个小时。
　　　　　　　　活着，我们要把君王踏在脚下，
　　　　　　　　死，要轰轰烈烈，与王子俱亡！
　　　　　　　　扪心自问，为正义而拿起武器，
　　　　　　　　我们的武器是堂堂正正的武器。

另一信差上

信差　　　　　将军，准备好，国王的军队正急速而来。
霍茨波　　　　多谢他打断了我的话，
　　　　　　　　我申明过我不会讲话。

一句话：人皆尽其力。

我拔出此剑，

决今日恶战，

以最高贵的血染红锋刃。

嗬，希望！潘西！出发。

吹响所有洪亮的军号吧，

让我们在音乐声中拥抱，

因为在这场天地大战中，

我们有人将再无此机会。

众人拥抱，下。[1] 号角齐鸣。国王率军队上。战场上警号声声。道格拉斯与装扮成国王的华特·勃伦特爵士上

勃伦特 来将何人？

怎么在战场上如此阻截我不舍？

你想要我的头颅去邀什么大功？

道格拉斯 告诉你，我名叫道格拉斯，

我在战场上紧追你不舍，

因为有人告诉我你是国王。

勃伦特 他们说的不错。

道格拉斯 斯塔福德勋爵长得像你，

本该杀哈利王的剑，

却冤枉要了他的命。

现轮到你，除非俯首就擒。

勃伦特 我天生不会投降，你这骄横的苏格兰人，

站在你面前的是一个要为斯塔福特勋爵的死

---

1 在多数版本中，此处换场，但对开本不换场，演出不中断，而想象中的场景由叛军营地转到
   战场。

复仇的国王。（二人厮杀，勃伦特被杀）

霍茨波上

霍茨波　　　　啊，道格拉斯，如你在霍美敦战得如此之猛，
　　　　　　　我绝对打不赢你这个苏格兰人的。

道格拉斯　　全结束了，全赢了，气绝身死的国王就躺在地上。

霍茨波　　　　在哪里？

道格拉斯　　这里。

霍茨波　　　　这个人，道格拉斯？不，此人的脸我太熟悉：
　　　　　　　他是一个勇武的骑士，叫勃伦特，
　　　　　　　全身装束得同国王本人一模一样。

道格拉斯　　啊，傻瓜，随你的灵魂去吧！
　　　　　　　你以太大的代价买了个头衔。
　　　　　　　你为何对我说你就是国王呢？

霍茨波　　　　国王让军中很多人穿他的衣服。

道格拉斯　　凭剑发誓，我要斩尽他之衣，
　　　　　　　杀绝他的所有装束，
　　　　　　　直到国王真人现身。

霍茨波　　　　我们走吧！我们的士兵，
　　　　　　　看来今日要打大胜仗了。　　　　　　　　同下

警号。福斯塔夫独上

福斯塔夫　　虽然我在伦敦酒店里可以赖账，我担心这里在打仗，赖
　　　　　　　不了账，笔笔都算在你的脑袋上。且慢！你是谁啊？是
　　　　　　　华特·勃伦特爵士。这下你可光荣啦！这绝对不是虚荣！
　　　　　　　我全身热得像熔化的铅，身体也重得像铅；上天保佑，
　　　　　　　铅块不要打进我的身体[1]！我自己的肠肝肚肺已经够重了，

1　此处铅块指枪弹。

不需要再增加重量。我已经把我那一伙烂兵带去送死了[1]，一百五十人中活下来的不到三个，他们这一辈子只有露宿城外，沿街讨饭为生了。谁来啦？

王子上

亨利王子　　嘿，袖手旁观？把你的剑借给我。

很多堂堂男儿倒毙在

骄狂敌军的铁蹄之下，

他们的杀身之仇未报。

请把你的剑借给我吧。

福斯塔夫　　啊，哈尔，求你让我喘口气吧。教皇格列高利的武功还不如我今天的战绩显赫。我已经同潘西了结老账啦，我肯定送他上西天了。

亨利王子　　的确，他肯定要活到把你杀掉才去死。请你把你的剑借给我。

福斯塔夫　　不行，哈尔，如果潘西还在人世，你不能把我的剑拿走；如果你要，把我的手枪拿去吧。

亨利王子　　那就把枪给我吧。枪在盒子里吗？

福斯塔夫　　是的，哈尔，它还烫得很哩[2]，可以摧毁一座城市。

亨利王子从福斯塔夫的枪盒里抽出一瓶萨克酒

亨利王子　　嘿，这是闹着玩的时候吗？

王子下，他离开时把酒瓶扔在福斯塔夫前

福斯塔夫　　如果潘西还没有死，我要一剑把他穿透。要是他真的撞上了我，我就这么挥剑而上[3]；要是他没有碰到我，而我

1　这些兵死了，福斯塔夫就可以私吞他们的军饷。
2　福斯塔夫声称他刚刚开枪射击了很多次，所以枪发烫。
3　可能他边说边比画动作。

自愿送自己上门，那就让他把我剁成肉花做成烤肉算了。
我不喜欢华特爵士得到的那种龇牙咧嘴的荣誉 [1]。我要活
命，如果保住了命，太好了；如果老命难保，荣誉不求
自来，那就一命呜呼了吧。　　　　　　　　　　　下

第三场　／　景同前

什鲁斯伯里战场
警号。两军厮杀过舞台。国王、亨利王子、兰开斯特勋爵约翰与威斯特摩兰伯
爵上，亨利王子已负伤

亨利四世	哈利，你撤下去吧，
	你流血太多了，
	兰开斯特勋爵，你同他去。
约翰亲王	我不下去，陛下，除非我也负伤流血。
亨利王子	恳请陛下赶快率军上战场，
	以免友军见你退却而惊慌。
亨利四世	我就去。威斯特摩兰伯爵，
	你带他回营帐。
威斯特摩兰	走吧，殿下，我带你回去。
亨利王子	带我回营，伯爵？大可不必。
	为皮肉伤而逐威尔士亲王

1　龇牙咧嘴的荣誉（grinning honour）：指华特的死相。

下战场：天地难容！

而此刻高贵者在喋血而亡，

叛军得其势，正大肆屠戮！

约翰亲王 我们歇得太久了。走吧，威斯特摩兰贤卿。

我们的重任在战场。走吧，为了上帝！

兰开斯特与威斯特摩兰下

亨利王子 上帝啊，我把你看走眼了，兰开斯特。

未料到你有这样的胆识：

从前我爱你如兄弟，约翰；

如今我敬你如我的灵魂。

亨利四世 我看见他同潘西将军刀枪相对，

勇气可赞可嘉，

非少年之辈所有[1]。

亨利王子 啊，这孩子激励了我们每一个人的士气。 下

道格拉斯上

道格拉斯 又来一个国王？多不胜数的国王，

如许德拉的头，砍不胜砍[2]。

我道格拉斯，专杀穿此衣者，

你是何人，竟假扮国王以欺世？

亨利四世 我正是国王本人，遗憾，

你碰到我的许多影子，

就是无缘遇我的真身。

我令我的两子在战场

遍寻潘西和你本人：

---

1 据历史记载，当时约翰仅十三岁。

2 许德拉（Hydra）：希腊神话中的妖怪，头颅被砍掉一个即另生两个。

　　　　　　　　既巧遇，较量一番，看剑。

道格拉斯　　我怕你又是一个假货，

　　　　　　　　不过你风度倒有王气。

　　　　　　　　但不管你是谁，

　　　　　　　　皆是我手下败将。（二人相斗，王境危）

亨利王子上

亨利王子　　抬起你的头，可恶的苏格兰人，

　　　　　　　　不然你再难抬头了！

　　　　　　　　英勇的萨立、斯塔福德和勃伦特，

　　　　　　　　都附魂于我，注力于我之双臂；

　　　　　　　　要你的命者威尔士亲王，

　　　　　　　　有仇必报，从无虚言。（二人相斗，道格拉斯逃）

　　　　　　　　请陛下勿虑。还好吗？尼古拉斯·高绥爵士、

　　　　　　　　克利夫顿都来人求援：我即刻驰援克利夫顿。

亨利四世　　且慢，稍作喘息吧。

　　　　　　　　你已恢复你失去的名誉，

　　　　　　　　你救我脱险的豪举，

　　　　　　　　足显你对我生命的关切。

亨利王子　　天啊！那些谗言伤我太深，

　　　　　　　　诬我急盼你死。

　　　　　　　　如我果有此心，

　　　　　　　　道格拉斯对你施毒手时，

　　　　　　　　我完全可以袖手不管，

　　　　　　　　任其速夺你命，如毒鸩攻心，

　　　　　　　　免得我背不忠不孝逆子之名。

亨利四世　　赶快去增援克利夫顿。我去尼古拉斯·高绥爵士军中。

　　　　　　　　　　　　　　　　　　　　　　　　　　下

霍茨波上

霍茨波　　　　如果我没看错的话，你就是哈利·蒙茅斯吧。

亨利王子　　　你说话的口气好像我会否认自己的名字。

霍茨波　　　　我的名字是哈利·潘西。

亨利王子　　　哈，那我所见到的人，

　　　　　　　　即是叫此名的英勇的叛逆。

　　　　　　　　我是威尔士亲王。潘西，

　　　　　　　　休想再同我争名夺誉：

　　　　　　　　两星不能同天轨运行，

　　　　　　　　一个英格兰不可并容

　　　　　　　　潘西和威尔士亲王双雄。

霍茨波　　　　绝不会，哈利，

　　　　　　　　因为决一雌雄的时刻已到；

　　　　　　　　但愿你的军威堪与我媲美！

亨利王子　　　同你分手前，我的威名将胜你，

　　　　　　　　我要拔你顶上全部荣冠，

　　　　　　　　为我自己编个光耀花环。

霍茨波　　　　我再也忍受不了你的狂言。（二人相斗）

福斯塔夫上

福斯塔夫　　　说得好，哈尔！全力以赴，哈尔！听着，这可不是闹着
　　　　　　　　玩的。

道格拉斯上，与福斯塔夫厮杀，福斯塔夫倒地佯死

　　　　　　　　　　　　　　　　　　　　　　　　　　道格拉斯下

亨利王子重创潘西·霍茨波

霍茨波　　　　啊，哈利，你褫夺了我年轻的生命！

　　　　　　　　我宁失脆弱之命，不让你夺我英名。

　　　　　　　　名毁伤心胜于剑伤我身：

　　　　　　　心智为生命之仆，生命为时间之弄臣；

　　　　　　　时间揽万象，必有尽头。

　　　　　　　啊，我本可以预言[1]，

　　　　　　　但阴土和死神的冷手

　　　　　　　压住我的舌头。不行了，

　　　　　　　潘西，你已归于埃土，

　　　　　　　供蝼蚁之——（死去）

亨利王子　　供蝼蚁之食，勇敢的潘西。

　　　　　　　别了，伟大的心灵！

　　　　　　　邪谬的野心，你已萎缩几多？

　　　　　　　躯体裹着灵魂时他嫌王国太小，

　　　　　　　而今咫尺污土足可容身。

　　　　　　　埋尸体之地，再无如你勇武之士。

　　　　　　　如你能闻赞词，我也不吐露心曲，

　　　　　　　我且用骑士的饰物掩你伤损的脸，

　　　　　　　以你之名，谢我向你敬表此情义。

　　　　　　　（遮盖霍茨波的脸）

　　　　　　　别了，带着赞誉去天国！

　　　　　　　你的耻辱就埋在坟墓里，

　　　　　　　但不写在你的墓志铭里！（他看见福斯塔夫躺在地上）——

　　　　　　　怎么？老相识？

　　　　　　　难道这么一大堆肉里，

　　　　　　　竟然留不住一点生命？

　　　　　　　别了，可怜的杰克！

　　　　　　　离别一个更好的人易，

1　预言（prophesy）：按传统习俗，人们相信将死者可以预言未来。

离别你难。啊,

如我是游戏人生之徒,

你死确令我痛失知己!

今日血战中,死神令众多杰出者丧生,

却无人如你如此肥硕。

陪高贵的潘西躺在血里,

直到你被掏成一个空躯。   下

福斯塔夫从地上爬起来

福斯塔夫　把我掏空!如果你今天把我掏空,我就让你明天把我腌来吃了。幸亏我装死及时,不然那个野蛮暴躁的苏格兰人早就把我了结了。装死?我没有装死,死了才是假装,因为死人只是那个人,但没有那个人的生命。可活人装死不叫假装,因为他因此而活下来了,确实是生命的真实而完美的形象。深谋远虑才叫勇敢,凭此我保住了性命。这个火药脾气的潘西,虽然死了,我还是怕他。如果他也在装死,一下子站起来,怎么办?我担心他比我更会装死,所以我要把他的死搞定,对,我要发誓是我把他杀死的。他为什么不可以像我一样站起来呢?除非亲眼看见,谁也驳不倒我,这里无人在场。所以,老弟,在你的大腿上再来一刀吧。(刺霍茨波)好啦,跟我走吧。(把霍茨波背上)

亨利王子与兰开斯特的约翰上

亨利王子　嗬,约翰兄弟,

你的勇敢为你的剑首开宝光。

约翰亲王　且慢!这是谁?

你不是告诉我这胖子死了吗?

亨利王子　是的,我亲眼所见,

　　　　　　　　无息无气，倒在血里。——
　　　　　　　　（对福斯塔夫）你是活人吗？还是我们眼睛的幻觉？
　　　　　　　　请说话呀。只有听见你的声音，
　　　　　　　　我们才相信自己的眼睛。
　　　　　　　　你不是看上去那个样子的东西。

福斯塔夫　　　不是幻觉，当然是我。我不是双重人[1]。可是倘若我不是杰克·福斯塔夫，我就是个无赖小子。这是潘西。（扔下尸体）如果你的父王要赏我什么，那好；如果他不，那他以后碰上潘西之二，他自己去杀。听清楚，我指望的不是封伯爵就是封公爵。

亨利王子　　　嘿，潘西是我亲手杀的，我还看见你死了。

福斯塔夫　　　你杀的？天啊，天啊，为何世人如此惯于撒谎？我承认我当时倒在地上，气喘吁吁，他也一样。可是后来我们同时从地上爬起来，按什鲁斯伯里的钟表算，我同他恶斗了长达一个小时。你们相信我的话，就信；如果不相信，赏罚不公的过错就该算在那些滥施奖惩的人头上。我以死发誓，他的腿上的伤是我砍的：假如这个人死而复生，否认此事，我要他把我的剑吞下去。

约翰亲王　　　这是我听到过的最离奇的故事。

亨利王子　　　这是最古怪的一个家伙，约翰兄弟。——
　　　　　　　　（对福斯塔夫）快，把你的行囊体面地背上[2]，
　　　　　　　　就我而言，如我的谎言可为你争光，
　　　　　　　　我会用最美的言辞为谎言矫饰。（收兵号）——
　　　　　　　　回营号角声声，我军已经获胜。——

1　双重人（double man）：指他背负霍茨波。
2　行囊（luggage）：指霍茨波的尸体。

走，兄弟，到战场的高处看看：

我们的朋友哪些生还哪些归天。　　亨利王子与兰开斯特下

福斯塔夫　　我要跟随而去，正像人们说的，为讨封赏而去。哪个赏
我，上帝就赏他！如果我真的重登高位，我要少长一点
肉，洗心革面，戒酒，像贵族那样活得体体面面。　　　下

第四场　　／　　景同前

号角齐鸣。国王、亨利王子、兰开斯特勋爵约翰、威斯特摩兰伯爵及余众上；
伍斯特与凡农被押上

亨利四世　　叛逆不义终遭严惩。

居心不仁的伍斯特，

我没有许以宽厚赦免？

你为何讹传我的旨意，

滥用令侄对你的信赖？

我方今日三位骑士、

一位伯爵以及众多兵士阵亡；

如你像基督徒诚实传递

你我两军间的真情实况，

他们此刻定然在世。

伍斯特　　我所为系本人之安危，

命运如此，领受无悔，

事已至此，在劫难逃。

亨利四世	将伍斯特和凡农立斩决，
	其余叛匪之罪待我酌定。
	战场上情况如何？

（伍斯特与凡农被押下）

亨利王子	那高傲的苏格兰人道格拉斯，
	眼见大势已去，
	骄将潘西被戮，
	手下兵士无心恋战，
	只好一并溃逃，
	失足跌下山，
	身受重伤被擒，
	现押我营，请陛下准我处置。

| 亨利四世 | 此正合我意。 |

亨利王子	约翰兄弟，这一高尚慷慨之举，
	由你执行：释放道格拉斯，
	还他自由之身，
	不要任何赎金，
	因他今日彰显的勇气，
	也给我们以启迪：
	即使敌人的懿德也值得嘉佩。[1]

亨利四世	我们现在要分兵而行。——
	我儿约翰和贤卿威斯特摩兰，
	火速前往约克，全力迎战
	诺森伯兰和主教斯克鲁普，
	据闻他们正厉兵秣马待旦。——

---

1 在四开本中，在国王的幕终之言前，有约翰亲王对亨利王子的答语："谢殿下委此重任，/ 我
即刻办理。"（I thank your grace for this high courtesy, /Which I shall give away immediately.）

我和我儿哈利驰往威尔士，
征讨葛兰道厄和马奇伯爵。
再予叛军一记如今日之击，
其势焰将在我国土上衰溃。
有此战之胜，不懈不怠，
直至全胜凯旋，邦国靖安。　　　　　　　　　众人下